潮風テーブル

喜多嶋 隆

角川文庫
23813

潮風テーブル　目次

1　その夏、三人は家族だった

「やばい……」
わたしはテレビ画面を見てつぶやいた。
すごい台風が湘南《しょうなん》に向かっている。
葉山《はやま》。森戸《もりと》海岸のそばにある魚介レストラン〈ツボ屋〉。
別名〈ビンボー食堂〉。
わたしは、今朝も4時半に起きた。近くの魚市場に行き、捨てられた魚やイカを拾うために……。

一階の店におりて、何気なくテレビをつけた。すると、アナウンサーが、

〈4日前フィリピン沖で発生した熱帯性低気圧が……〉

〈超大型の台風に発達し、急速に東日本に向かって……〉

と早口でまくしたてている。

〈この夏初めて日本を直撃するこの大型の台風は……〉とアナウンサー。天気図も映った。確かに、大きな台風が北上している。

中心部の気圧は、９３０ヘクトパスカル。ひどく強力で大きい。

ただ事ではない……。

まずいな……。つぶやいていると、愛が起きてきた。

愛は、きのう7月18日、北海道の修学旅行から帰ってきたところだ。

深夜まで、楽しかった修学旅行の話をしていた。広大なラベンダー畑にどれほど感激したか……興奮した愛の話は終わらなかった。

そのせいか、思い切り大きなアクビをしながら愛は起きてきた。

「どうかした？　海果《うみか》」

「台風、やばいよ」わたしはテレビを指さした。画面を見た愛も、

「うひゃ！」と声を上げた。葉山育ちの子だから、天気図を見ただけで台風の大きさが、だいたいわかるのだろう。

「今朝は魚拾えないかなあ……」と愛。

「とりあえず、港に行ってみよう」わたしは言った。

そして、愛の髪を両側で二つに結んだ。

愛は、もともと小柄で童顔。髪を二つに結ぶと、いま中学二年だけど、小学六年ぐらいにも見える。そんな愛が一緒だと、魚市場の人たちの表情もなごむのだった。

わたしたちは、拾った魚を入れるポリバケツを持って店を出た。


魚市場は慌《あわただ》しい雰囲気。殺気だっていた。

男の人たちが、緊張した表情で動いている。台風にそなえ、漁船を岸壁にしっかりと舫《もや》う、その作業をやっている。

「おう！」と一郎《いちろう》。作業をしながら、わたしたちにふり向き、

「でかいな」と言った。〈台風がでかい〉という事だろう。だけれど、テキパキと動

きながらも、その表情は落ち着いていた。いつものように……。

すでに、岸壁には、漁船がぎっしりと舫《もや》われている。

いつもの何倍ものロープを使って……。

これを〈増《ま》し舫い〉というのは、漁師だったお爺《じい》ちゃんに聞いた事がある。

もちろん、魚市場にはイワシ一匹落ちていない。

仕方ない。わたしたちが帰ろうとすると、

「台風、気をつけろ」と一郎。苦笑いして、「お前たちの店、ボロっちいんだから」

と言った。


トントンと釘《くぎ》を打つ音……。

わたしと愛は、店の外に板を打ちつけていた。

一番危ないのは、出窓だ。猫のサバティーニがいつも外を見ている出窓。そこに、ありあわせの板を打ちつける。

出窓の中にいるサバティーニは、不思議そうな顔でキョロキョロしている。

そうしている間にも、風が強くなってきていた。台風が接近するとき独特の、むっと暑い風を頬に感じる。

「これで、なんとかなるかなあ……」と愛がつぶやいた。

「どうだろう」とわたし。

いちおう、危なそうな所には板を打ちつけた。けど、すでに傾いているようなボロ家だ。何が起きるかわからない。

「まあ、運を天にまかせるっきゃないよ」わたしは言った。そして、気づいた。

「耕平《こうへい》のところ、大丈夫なの？　ビニールハウスとかあるし」

と愛に言った。

「そうだ！」と愛。

いま中二の愛には、ボーイフレンドらしきものができた。同級生の耕平だ。

家は、葉山の山側で農家をやっている。低農薬のトマトなどを、すごく安くうちの店に売ってくれている。

「連絡してみる」と愛。スマートフォンを出し、かけている。しばらくすると、

「出ない」と言った。


5分後。

わたしと愛は、3千円で買ったサビだらけの自転車に二人乗り。耕平の家に向かっ

た。

15分ぐらいで着いた。案の定、耕平は作業をしていた。

家から50メートルほど離れた所にあるビニールハウスの補強をしている。

夏の初めの陽射しが、照りつけている。

耕平は、膝《ひざ》たけのジャージ姿。上半身裸で作業をしていた。陽灼《ひや》けしたその体は、汗びっしょりだ。

華奢《きゃしゃ》な子だと思っていたけど、腕や胸には意外なほどの筋肉がついている。農作業でついた筋肉だろう。

そんな上半身裸の耕平を見て、愛の頰がふと赤くなる。視線をそらした。

ガキに見える愛も、それなりに年頃なのか……。

「手伝うわよ」とわたしが言った。耕平はちょっと考え、うなずいた。

わたしと愛は、ビニールハウスの補強を手伝いはじめた。

「お父さんは？」とわたし。

「緑内障《りょくないしょう》が相変わらず良くなくてさ、しょっちゅう転ぶんだ。危なくて……」と耕平。

「いま家にいるよ」と手を動かしながら言った。

その表情は、けして明るくない……。わたしたちは、手を動かし続ける……。

「耕平のやつ、偉いんだよ」と愛が話しはじめた。

5時間ほど、ビニールハウスの補強を手伝って、店に戻るところだった。

わたしは自転車を押し、愛は並んで歩いている。

「耕平が、偉い？」とわたし。愛がまた話しはじめた。

北海道の修学旅行。今回のハイライトである、広々とした富良野《ふらの》のラベンダー畑を、全員でわいわいと歩いた。

その翌日は、日高《ひだか》にある農場に行ったという。そこは、低農薬で質のいい野菜を作っている農場だという。

いちおう修学旅行なので、そういう農場にも行ったのだろう。

「ほかの子たちは、木登りしたりして遊んでるんだ」と愛。「でも、耕平だけは農場の人と話し込んでた」

「農場の人と？」

「そう……。そこでは、どんな農薬をどれだけ使ってるかとか、作物の糖度《とうど》を上げるためにどんな工夫をしてるかとか、いろいろ質問してた」

「へえ、確かに偉いね……」わたしは、つぶやいた。以前、耕平が、

〈大学の農学部にいきたいから〉

と言ったのを思い出していた。真剣に農業に取り組むつもりらしい。

そんな子だから、北海道の農場の人にいろいろ質問をしてたのだろう。

「アイドルやゲームの話ばっかりしてるクラスの子たちが、みんな馬鹿に見えてくる……」

愛がつぶやき、わたしもうなずいた。

そろそろ夕方。陽射しはなくなり、濃いグレーの雲が空を覆いはじめた。

頬に当たる風も、さらに強くなってきていた。台風が接近しているのを肌で感じる……。


「海果、そんな格好じゃダメだよ」と愛が言った。

夜の9時。風雨はさらに強くなってきていた。

わたしたちは、手早く、晩ご飯と片づけを終えた。

二階の部屋。猫のサバティーニと一緒にベッドに入ろうとしていた。

そのとき愛が、〈海果、そんな格好じゃダメだよ〉と言ったのだ。

エアコンは5年前に壊れたまま。暑いので、わたしは薄着だ。

下着のショーツ、そしてダブッと伸びたタンクトップをかぶっているだけだ。夏は、いつもこれで寝ているのだけど……。

「これじゃ、まずいかな……」

「まずいよ。台風で、急いで避難する事になったらどうするの」と愛が口をとがらせた。

「パンツ一枚で、上は胸がのぞいちゃいそうなダブダブのタンクトップだし……。その格好で避難所に行ったら、こっ恥《ぱ》ずかしくない？」と言った。

「そっか……」わたしはついつぶやいた。

確かに。

友達に言わせると、わたしはカピバラのようにボサッとしてる。だから、緊急避難まで考えていなかったのも事実だ。

「……あれは、わたしが小学四年のときでさ」と愛が口を開いた。

その頃、愛の一家は葉山の一軒家に住んでいたという。

「その夏に大きな台風がきて、家が急に浸水しちゃって、大変だったんだ」

「へえ……」

「そのとき、お父さんは下着の縞《しま》パンツしか穿《は》いてなくて、それで家の水かきをしてると、近所の子供たちに笑われてさ……」と愛。

「で？」

「親子三人で水かきをして、なんとかなったけどね。そのときのお父さん、カッコ悪かった……」

「そっか……」わたしは、つぶやいた。

そして、ふと思っていた。

そのときは、大変だっただろう。カッコ悪かったかもしれない……。

けれど、それはそれで、ひとつの思い出なのではないのかと……。

いくら大変でも、みっともなくても、そのときの三人は、確かに一つの家族ではなかったのか……。

その翌年、お母さんは悪性リンパ腫《しゅ》を発症して、いまも横須賀《よこすか》の病院に入院している。

お父さんは、IT関係の事業がうまくいかなくなり、いまは連絡がとれなくなっている。

早い話、愛の家族はヒビ割れ、砕けてしまった。

そう思うと、その台風のときが、愛の一家が本当の家族だった最後の夏だったのかもしれない……。たぶん、間違いなく。

それを思うと、鼻の奥がツンとした……。

気をまぎらわせるためにつけているCDラジカセから、ビージーズの〈若葉のころ〉が低く流れていた。


1時間後。台風は、さらに関東に近づいているようだ。風の音がゴーゴーとすごい。家も少し揺れている。

けど、わたしたちは、ベッドでウトウトしはじめていた。

昼間、耕平のところで手伝いをした。その疲れが出たのかもしれない。わたしは、サバティーニのヒゲを腕に感じながら、寝つこうとしていた。

そのときだった。ドーンという音と振動！　地震のように、思い切り家が揺れた！

2　エーちゃんは、ひどく調子っぱずれ

「何⁉」とわたし。

「一階だよ！」と愛。

わたしたちは、ベッドから出た。幸い、停電はしていない。恐る恐る、一階に降りる……。

店は、大丈夫。何も起きていない。その奥にある風呂場《ふろば》に行く……。そこで、わたしたちはかたまり、口を半開きにしていた。

お風呂場の壁に穴が開き、ボートの先端が突っ込んでいた。

「これって……」とわたし。

「砂浜に捨ててあるボート……」と愛。

うちの店から歩いて20秒で森戸海岸の砂浜に出る。

そこには、古いボートが捨てられている。貸しボートで使われていたボートだ。

その朽ちかけたボートたちは、砂浜に重ねて捨てられている。

その一艘《そう》が、強風にあおられ、飛んできたらしい。

ボートは、運ぶのが楽なようにFRPという樹脂で出来ている。あまり重くはない。

そんなボートが、台風の風にあおられて飛んできて、お風呂場の壁に突っ込んだらしい。

「はあ……」とわたし。

愛も、口を半開きのまま、その光景を見ている。

呆然《ぼうぜん》……。


「ぶったまげたな、こりゃ」

とオジさん。苦笑いしながら言った。

翌朝の10時。台風は、もう関東地方を行き過ぎ、三陸《さんりく》沖に……。

愛と仲のいい同級生が、トモちゃんという子だ。彼女の家は、葉山で工務店をやっている。

そこで、朝一番、愛がトモちゃんに電話した。

〈風呂場の壁に、ボートが突っ込んだ。なんとかして〉と……。

そしていま、トモちゃんのお父さんが、工務店の若い衆を二人連れて、来てくれたのだ。

「まあ、このボートは大人二人で楽々運べるぐらい軽いから、あのすごい強風にあおられて飛んできても不思議ないなあ」

とトモちゃんのお父さん。

もう、若い衆たちが壁に突っ込んでいるボートを撤去しはじめた。家の壁が、メリメリと音を立てて崩れる……。

「修理には4、5日かかるなあ、建材を用意しなきゃならないし」

とトモちゃんのお父さんは言った。

とりあえず、壁に突っ込んでいるボートは撤去された。けれど、壁にはすごく大きな穴があいている。穴というよりは、風呂場の壁の一部がなくなったと言える。

工務店の若い人たちが、そこに目隠しのブルーシートを張りはじめた。

「覗《のぞ》かれないかなあ……」

と愛。もそもそと下着を脱ぎながら言った。

「大丈夫じゃない？」とわたし。頭からTシャツをすっぽりと脱いだ。

夜の9時過ぎ。

わたしたちは、お風呂に入ろうとしていた。

今日一日、台風の後片付けをした。潮と砂まみれになった店の窓や壁を洗ったり、飛び散ったバケツなどを拾い集めたり……。

そんな一日が終わると、汗びっしょり。お風呂に入らないわけにはいかない。

けれど、お風呂の壁には大きな穴があいている。

工務店の人がブルーシートを養生《ようじょう》テープで貼ってくれていたけれど……。

「覗いたりする物好き、いないよ」

わたしは言った。

お風呂の外は、細い道。昼間は観光客が行き来するけど、夜のこんな時間に通る人はほとんどいない。

わたしは服を脱ぎ、バスタブに入った。愛も裸になり入ってくる。

この家を作ったわたしのお爺《じい》ちゃんは、元漁師。海の仕事から帰るとお風呂に入るのが楽しみだった。

なので、バスタブはかなり大きい。わたしと愛は、そのお湯に首までつかり、

「ああ……」と一息ついた。


その歌声が聞こえたのは、10分後。

なんか、オッサンの歌声が近づいてくる。たぶん〈エーちゃん〉こと矢沢永吉《やざわえいきち》の曲……。

ただし、えらく調子が外れている。エーちゃん本人が聞いたら嘆《なげ》くだろう。

オッサンは、どうやらひどく酔っ払っているようだ……。やがて、ブルーシートの前で立ち止まったようだ。

ろれつの回らない声で、

「なんだこれ」と言い、ブルーシートをはがそうとした。バリッとテープがはがれかかる。

「あ！」

と首までお湯につかっていた愛。バスタブで立ち上がろうとした。

けれど、オッサンが、店のノレンを分けるようにシートをめくった方が早かった。

「きゃ！」

と愛。バスタブの中で叫んだ。上半身は、お湯から出ている。

愛を見たオッサンは、とっくに60歳を過ぎてるだろう。

陽灼《ひや》けした坊主頭に、はちまき。その目の焦点がまるで合っていない。「あ、風呂場か」とつぶやいた。相変わらずろれつが回っていない。

愛は、あわてて胸を隠そうとした。けれど、オッサンは、

「ごめんな、坊や」と愛に言った。

また調子っぱずれで〈エーちゃん〉らしい曲を歌いながら、よろけた足どりで歩き去っていく……。

「見られた……」

と愛がつぶやいた。その顔が完熟トマトのように赤い。

わたしは笑いながら、「スッポンポンを見られたわけじゃないんだし、どうってことないよ」と言った。

見られたのは、おヘソから上。しかも、相手はベロベロに酔っぱらったオッサンだ。

でも、愛はふくれっ面《つら》。

「でも……坊やって言われた……」

と口をとがらせてつぶやいた。わたしは、また笑い声を上げた。

愛は、いま髪を後ろで束ねている。

基本的に痩《や》せていて、中二にしては、胸の膨らみがほとんどない。

ベロベロに酔っぱらったオッサンが、そんな愛の上半身をチラッと見て〈坊や〉と言ったのも不思議ではない。

けれど、愛は納得していない表情。鼻までお湯に浸かった。

お湯に、ぶくぶくと泡が立っている……。


「〈坊や〉かよ……」と一郎。

「愛にはちょっと可哀想だが、思い切り笑えるな」と言った。

午前11時。魚市場では、まだ台風の後片付けをしている。

海にはまだうねりが残っている。漁船はみな、岸壁に舫《もや》われている。

もしかと思って一人で来てみたのだけど、魚もイカも落ちていない。

わたしは、一郎に昨夜の出来事をさらりと話したところだった。ひどく酔っ払ったオッサンに風呂場《ふろば》を覗かれた事。そのときの愛の様子など……。

聞いた一郎は笑い続け、

「ドジな愛らしいな」と言った。そして、「風呂の修理がまだなら、うちで風呂に入ればいいよ」と言ってくれた。

そこへ、魚市場で働いてるらしい十代の男がきた。

「一郎さん、船の増し舫い、そろそろ解《ほど》きますか?」と訊《き》いてきた。

「そうだな、やろう」と一郎。

彼は、この漁協では青年部長という立場だと聞いた事がある。若手のリーダーという事らしい。一郎はわたしに、

「じゃ、夕方、風呂に入りに来いよ」と言い船の方に歩いて行く。


一郎の家に行くのは、初めてだった。

鐙摺《あぶずり》の漁港から、歩いて1分。

コンクリート・ブロックの塀に囲まれた、ごく普通の二階家。

家のわきに、古いブイや漁網《ぎょもう》が積み重ねてある。漁師の家らしさはそれぐらいのものだ。

「入って」と一郎。わたしと愛は、リビングルームに入った。

いま、お父さんもお母さんもいない。

「親父たち、まだ定置網《ていちあみ》や刺《さ》し網《あみ》の修理をやってるんだ。風呂に湯を入れといたから、入っていい」

と一郎。わたしはうなずく。愛に、

「先に入っていいよ」と言った。愛は、うなずく。タオルなどを持ち、風呂場に入っていく……。


「すごいトロフィー……」

わたしは、思わずつぶやいた。

かなり広いリビングの隅。たくさんのトロフィーや写真が飾ってある。

それは、野球選手としての一郎が獲得してきたものらしい。

「こういうの飾るってあまり好きじゃないんだけど、親父やお袋がどうしてもって言ってさ……」と一郎。わたしはうなずき、それを眺めた。

中学時代の大会優勝トロフィー。高校時代のトロフィーがいくつも……。

そして、優勝旗を持ってチームメイトと撮った記念写真。

さらに、ドラフト会議でプロ野球入団が決まったときのものだろう。横浜《よこはま》のチーム・ユニフォームを着て、球団の代表らしいおじさんと握手してる写真……。

そんな、トロフィーや額に入った写真がいくつも並んでいる。
それを眺めていたわたしは、その斜め後ろにある一枚の額に気づいた。
ほかの額に隠れるように、そっと置かれている額……。
「これは？」とつぶやいて、わたしはそれを手にした。手にして、思わず無言……。
そこには、一郎と愛が並んで写っていた。

3　桃の花が咲いていた

どこかの野球場の片隅。
ユニフォーム姿の一郎と、Tシャツ姿の愛……。
愛の無邪気な笑顔……。一郎がその肩を抱いて写っている……。
それを30秒ほど見ていたわたしは、はっと気づいた。
一郎と並んでいるのは、愛ではなく、一郎の妹の桃《もも》ちゃんだ。
交通事故で天国に行った桃ちゃん……。
けれど、30秒たってやっと気づくほど、写真の桃ちゃんと愛は似ていた。
丸顔。鼻は高くない。けれど、目は大きく黒目がち。
いわゆる美少女ではないけど、ごく簡単に言えば、愛嬌《あいきょう》のある顔立ち。
そして、無邪気としかいえない笑顔。

可憐《かれん》な桃の花が、そこに咲いていた……。

「それは、二軍の練習グラウンドだよ」一郎がつぶやいた。

高校を卒業し、プロ球団入りした一郎。けれど、すぐ試合に出られるわけではないらしい。

しばらくは、二軍の練習グラウンドで、トレーニング……。

そのグラウンドに、妹の桃ちゃんは、しょっちゅう応援に来ていたと聞いた事がある。

「そんなときのスナップ写真さ」と一郎。

「桃は球団のスタッフたちにも可愛がられてたから、誰かが撮ってくれたんだな……」と言った。

「親父とお袋がその写真を気に入ってるから、額に入れてるんだけど……」

わたしは、うなずいた。

息子と、いまはもういない娘が一緒に写っている写真を飾っておきたい。

その両親の気持ちは、痛いほどわかる……。

「でも、一郎はあまり？」

わたしは訊いた。その額が、ほかの額に隠れるように、ひっそりと置かれていたからだ。

一郎は、冷蔵庫からビールを出しグラスに注いだ。ひと口……。

30秒ほど無言でいて、ぽつりと口を開いた。

「その写真を見るのが、やっぱり辛《つら》くてさ……」とつぶやいた。


一郎と妹の桃は、6歳違い。

桃の花が咲く頃に生まれたので、〈桃〉と名づけられた子だ。

一郎と桃ちゃんは、ものすごく仲のいい兄妹《きょうだい》だったという。

一郎は、葉山の中学時代から天才的な野球選手だった。

そんな一郎は、桃ちゃんにとってのヒーローであり、最高のお兄ちゃんだったらしい。

一郎も、そんな桃ちゃんを心の底から愛していたようだ。

葉山の中学を卒業した一郎は、野球では名門の高校にピッチャーとして進学。

そこでも、エースとして活躍する。

一郎が神奈川代表として甲子園の大会に出場するとき、そのスタンドには必ず桃ちゃんの姿があったらしい。

その頃のスナップ写真を、スマートフォンの画面で見た事もある。

やがて、ドラフト会議をへて、一郎は横浜に本拠地《ホーム》を置くプロ球団に入った。

当然のように、桃ちゃんの夢は、一郎がプロ野球のピッチャーとして投げる事……。

そのチャンスは、一郎が入団した秋にやってきた。

10月、球団ではピッチャーのやりくりがきつくなり、新人の一郎に登板のチャンスがきたという。

けれど……一郎が登板する前日にそれは起きた。

自転車で国道134号の交差点を渡ろうとしていた桃ちゃんは、居眠り運転のトラックにはねられた。

ほとんど即死だったという。

そのとき、彼女は13歳。いまの愛と同じ年だ。

彼女が背負っていたバッグには、一郎が登板する試合のチケットが大事そうに入っていたという……。


一郎の時間は、そこで止まっていた。

ショックから立ち直れず、野球選手としてのモチベーションを失ってしまった……。

また葉山に戻り、漁業で生きるつもりでいたようだ。

けれど、たまたま出会った愛の存在が、そんな燃えかすのような一郎に、火をつけたらしい。

運動オンチの愛に、ボールの投げ方などを教えているうちに、心の中でくすぶっていた想いが再燃……。

自分が、野球のグラウンドに置き去りにしてきたさまざまなもの……。

さまざまな人の期待や願い……。

それを置き去りにしたままで、いいのか。

このままで、一生後悔しないのか……。

そんな想いが、一郎の背中を押したらしい。

そして、野球選手への再起に向けてトレーニングをはじめたのが、つい1カ月前だ。

わたしがそんな事を思い出していると、愛がお風呂《ふろ》から上がってきた。

「お風呂、ありがとう」と愛。無邪気に言った。

少し茶色がかって柔らかなその髪は、まだ濡《ぬ》れている。

「びしょびしょじゃないか」と一郎。タオルで、愛の髪を拭《ふ》いてやりはじめた。

愛も気持ちよさそうにしている。リンスのほのかな香りが、あたりに漂う……。

そして、優しくおだやかな一郎の表情……。

彼は、愛の中に、いまはもういない桃ちゃんの面影を見ているのだろうか……。

そうかもしれないと、わたしには感じられた。

窓から入る夕方の陽が、一郎の横顔や愛の髪に射している。チイチイというカモメの鳴き声が、港の方から聞こえている……。

「あ、ハンバーグ……」

と愛。口を半開きにして言った。ひさびさの肉に、目が輝いている……。

1時間後。一郎が、ハンバーグを作ってくれていた。

台風のせいで、この2、3日、魚の水揚げはない。それでハンバーグらしい。

一郎は、大きなボウルに入れたハンバーグの材料をこねている。

Tシャツから出ている一郎の腕が逞《たくま》しい。

野球選手らしく太い筋肉が、力強く動いている。

愛は、とにかくハンバーグが食べられる事に夢中だ。

けれど、わたしはハンバーグの材料をこねている一郎の腕を見ていた。

前から気づいていたのだけど、男の人が、手や腕を使って働いている姿を見るのが
わたしは好きだ。それは、元漁師で、そのあと料理人になったお爺《じい》ちゃんを見て育ったせいだろう。

やがて、ハンバーグを焼くいい匂いが漂いはじめた。

「はいよ」

と一郎。まず愛の前に、焼いたハンバーグを置いた。

それを見たわたしは、思わず笑ってしまった。

丸いハンバーグ。そこに、ケチャップで愛の顔が描いてあった。

といっても、大きな丸い目が二つ。そして、ニッコリとした口。それだけだ。

でも、

「これ、わたしだ……」と愛。無邪気な笑顔で言い、食べはじめた。

一郎が、それを優しく見つめている。

愛の存在は、どこまで一郎の心の傷を癒《いや》す事ができるのだろうか……。

そうあって欲しいと思いながら、わたしも一郎が作ってくれたハンバーグを食べはじめた。

「でも……」と愛。

「あのオッサン、なんであんなところを歩いてたんだろう」と言った。ハンバーグを、食べ終わったところだった。

「そのオッサンって、たまたま風呂場を覗《のぞ》いちゃった酔っ払いか？」と一郎。愛はうなずいた。

「そのオッサン、大工みたいじゃなかったか？」と一郎。

「あ、そういえば」わたしは、つぶやいた。陽灼《ひや》けして、はちまき。大工さんっぽかった。すると、

「やっぱりそうか。いま、近くで店を造ってるからなあ……」と一郎。

「店？」とわたし。

「知らなかったのか？　お前たちの〈ツボ屋〉から、40メートルぐらいしか離れてないよ。なんか、食い物屋らしいぜ」と一郎。

「食い物屋？」とわたし。

「ああ、なんかレストランっぽいな。すごい突貫工事《とっかんこうじ》で造ってるぜ」

一郎が言った。その場所は、確かにうちに近い。

葉山の海岸に沿っているバス通り。そこから、森戸海岸の砂浜に向かっていく細いわき道がある。

うちの〈ツボ屋〉は、その細いわき道に面してるのだけれど……。

「バス通りから、そのわき道に入る角だよ、レストランらしいものを造ってるのは」

……。

と一郎。わたしは、うなずいた。1カ月ほど前、そこで何かの基礎工事をしていた

「あれが、レストラン？」訊《き》くと一郎は、うなずいた。

「そんな感じだったな。バス通りに面してる角で、立地条件はいいし」

「確かに……」と愛。

「けど、すごいスピードで造ってたな。かなりの人数の大工やペンキ職人を動員して、日が暮れても工事してたよ」と一郎。わたしは、うなずいた。

湘南でレストランを開こうとしたら、まずは夏が勝負。8月に、どれだけ客をつかむかで、勝負が決まると言ってもいい。

「もしかしたら、ブルーシートをめくったあのオッサン、そこの工事人かも……」

わたしは、つぶやいた。

そのレストランの現場で日暮れまで働いてた大工さんたちが、そのあと少し歩いた砂浜で大々的に酒盛りをやる。

オッサンの一人がひどく酔っ払って、うちの前を通りかかり、何気なくブルーシートをめくった……。そんな可能性は高い。

「いずれにしても、あそこのレストラン、そろそろできるんじゃないか？」と一郎。もう8月が近い。いま開店しなければ、トップ・シーズンに間に合わない……。


「あの、一つ頼んでいい？」と愛。一郎に言った。

「何だい」

「あの……小さなハンバーグを一つ作ってくれない？　サバティーニの晩ご飯に」と愛。

「あの猫か……」と一郎。微笑した。そして、小型のハンバーグを作りはじめた。手を動かしながら、

「お前、優しいんだな」と愛に言った。そして、ハンバーグを焼きはじめた。

その帰り道。小さなハンバーグを胸にかかえ、

「いままで、がめついとかケチって言われた事はあるけど、優しいなんて言われたのは初めてだ……」

愛がポツリとつぶやき、わたしは苦笑。その細い肩を抱いてゆっくりと店に戻る……。

その2日後。

「えぇ!」と愛。

「ありゃ……」とわたし。

二人とも、口を半開き。バス通りとわき道の角は、すごい事になっていた。

4　偵察

〈パスタ天国〉……。そのピンクの看板が、陽射しを浴びている。

噂《うわさ》の店が開店した。

葉山・森戸海岸沿いのバス通りと、うちに向かう小道の角だ。

その一画は、お祭り騒ぎのようになっていた。主に若い人たちが、三〇人ぐらい行列を作っている。

その近くで、揃いのウエアを着たモデルっぽいお姉さんたち三人が、チラシを配っている。

ピンクのTシャツに白いショートパンツ。スタイルのいいお姉さんたちが、笑顔で道ゆく人たちにチラシを配っていた。

お姉さんの一人は、ぼさっと眺めているわたしと愛にも、「はい」と言ってチラシを渡してくれた。

〈パスタ天国・葉山店　OPEN！〉の文字が派手に躍っている。

〈このチラシ持参のお客様は全品30パーセント割引！〉

とあり、メニューの写真が載っている。

店名通り、パスタの専門店らしい。パスタを盛ったお皿の写真が、ずらりと並んでいる。

並んでいるお客たちは、みなそのチラシを持っている。その中には、地元の知り合いの姿もあった。そんな光景を眺めていたわたしは、ふと目をとめた。

店の人らしい中年男が、並んでいるお客を整理している。

その人とふと視線が合った。３秒後、わたしは、「あ……」とつぶやいた。


あれは、２カ月ぐらい前だった。

平日の午後3時過ぎ。中年男が一人で店に入ってきた。

四十代だろうか。仕立てのいいスーツを着て高級そうなネクタイをしめている。

中年男一人のお客は珍しい。なんだろう……。わたしは、ちょっと身がまえた。

けれど、その男はカウンター席にかける。

「パスタ、ある？」と言った。どうやら、お客らしい。わたしは、愛が描いたメニューを彼の前に置いた。

それをじっと見ていた彼は、〈パスタ・サバティーニ〉を注文した。

サバとトマトを使ったパスタ。いま、うちの看板メニューになっている。

彼は、それをいやに黙々と食べ、勘定を払い、帰っていった。

学校から帰ってきて手伝っていた愛も、ちょっと不思議そうな表情でその人を見ていた。サラリーマンが来るにしては、時間が半端だし……。

わたしの中に、〈？〉が消え残った。

いま、並んでいるお客を整理しているオジサンは、間違いなく彼だった。

彼も、わたしと愛に気づいたようだ……。そのとき、

「店長！」と店から出てきた若い従業員が声をかけ、彼は店に戻っていった。

店長か……。


「あれは、偵察というか、マーケティング・リサーチだったんだ……」

と愛が言った。チラシを手にツボ屋に戻ったところだった。

「マーケティング・リサーチ？」

わたしは、訊《き》き返した。愛は、相変わらずそういう言葉にくわしい。

「そう、新しく開店するにあたって、近隣のライバル店をチェックしておくことだよ」

「そっか……」わたしは、つぶやいた。確かに愛の言う通りかもしれない。

うちとあの店では、何もかも違う。

それでも、近所にある店はいちおう調べておくのだろう……。


「全国でチェーン展開してるね……」

愛が、スマートフォンの画面を見ながら言った。〈パスタ天国〉について調べているところだった。

「かなり大手の外食チェーンだ……」と愛がつぶやいた。

〈パスタ天国〉を経営しているのは、〈(株)田島《たじま》フーズ〉という会社だという。

「この会社、〈パスタ天国〉は、全国で六〇店舗。ファミレスは五〇店舗、回転寿司《ずし》は七〇店舗を展開してるよ」

と愛。

「そういえば、クラスの誰かが、横浜にある〈パス天〉に行ったたって言ってたな……」とつぶやいた。

〈パスタ天国〉は、略して〈パス天〉と呼ばれているらしい。それだけポピュラーな店なんだろう。


「平均価格帯を低く設定してあるね」

と愛。〈パスタ天国〉のチラシを見て言った。愛は13歳だけどうちの経理部長。やたら難しい言葉を使う。

「それって？」

「わかりやすく言えば、メニュー全体が安いって事だよ」

「そっか……」

わたしは、つぶやいた。確かに、チラシにあるパスタは、みな千円以下だ。へたなファミレスより安いかも……。

「うちのお客をとられるかなあ……」わたしは、つぶやいた。

「お店の場所が場所だから、かなりとられるかもね」と愛。

〈パスタ天国〉は、バス通りの角。

普通の観光客たちは、まずそこを歩いてうちの前にやって来る。

うちの店にくる前に、〈パス天〉に入ってしまう可能性は高いかもしれない。

それでなくても、うちツボ屋の経営は大変だ。

毎月15万円の借金を、信用金庫に返さなくてはならないから……。

魚市場で拾ってくる魚やイカ。それと、一郎が釣らせてくれるマヒマヒやイナダ。

それを食材に使う事で、なんとか潰《つぶ》れずにやっているのが実情だ。

あの〈パス天〉の開店で、これからどうなるのだろう……。


「偵察に？」愛が、訊き返した。わたしは、うなずき、

「あっちの店が、どんなか、偵察してみる必要があるかも」

〈パスタ天国〉の店長も、うちを偵察に来た。それなら、こっちも偵察に行く必要があるだろう。

「でも、わたしたちの顔、バレてるよ」と愛。それはそうだ。さっきも、店長はわたしたちの事を見ていた。

「なんか、作戦を考えなきゃ……」


「え……これ？」と愛。その帽子を手にして言った。

翌日。お昼過ぎだ。

偵察には、愛を行かせる事にした。ボケナスのわたしが行っても意味がないので、目ざとい愛を行かせる事にした。親友のトモちゃんと二人で……。

「でも、わたしの顔もバレてるよ」と愛。

「だから、変装していくの」とわたし。古い野球帽をとり出した。

「変装?」

「そう、男の子にね」


あの、風呂場《ふろば》を覗《のぞ》かれたときの事。

たまたま覗いてしまったオッサンは、愛を見て〈坊や〉と言った。

酔ってた事もあり、愛を男の子だと思った……。それは使える……わたしは思った。

愛には、ジーンズを穿《は》かせた。そして、わたしが中学生の頃に着ていたGジャンを出してきて着せた。

最後は、野球帽。お爺《じい》ちゃんがかぶっていた横浜のチームの野球帽だ。

愛の髪は、肩まである。その髪をアップにして大きめの野球帽の中に入れた。それを見て、

「いいかも」とわたしは言った。

その姿だと、男の子に見えない事もない。やや丸顔の男の子……。

5分後。店に入ってきたトモちゃんは、プッと吹き出した。

「どうしたの、愛？」

「イメージ・チェンジよ」とわたし。トモちゃんに事情を説明した。

「なるほど、変装か……」とトモちゃん。

「知ってる人なら、すぐに愛だとわかるけど、店の人は気がつかないかもね……」と言った。

「じゃ、頑張ってきて」わたしは、レジから千円札を三枚ほど出し、愛に渡した。


「ほら、たくさん食べるんだよ」

わたしは、猫のサバティーニに言った。

今朝は、久しぶりに魚市場で魚を拾えた。網から上げるときに傷がついた魚や、脚の千切れたヤリイカなどを拾えた。

わたしはいま、その中のアジをサバティーニに食べさせていた。

鮮度がいいので、サバティーニはアジの刺身をはぐはぐと食べている。その姿を眺めて、

「いくらでも食べていいからね、宣伝部長」とわたしは言った。

いつも、店の出窓から外を見ているサバティーニ。

その可愛さに惹《ひ》かれて入ってくるお客も多いのだ。

強力なライバル店ができてしまったいま、招き猫のサバティーニは、頼みの綱かもしれない。

そんな事にはおかまいなく、サバティーニははぐはぐと魚を食べているけれど……。


「お帰り」とわたし。愛とトモちゃんが、店に戻ってきた。

「けっこう時間かかったね」二人が出て行ってから、2時間以上たっている。

「それが、いろいろあって……」とトモちゃん。

見れば、愛の表情が硬い。目も腫《は》れぼったい。泣いたあとのように……。

「何があったの!?」とわたし。

5　そのパスタは、アフリカの漁師風

「それがね……」と、トモちゃんが口を開いた。
「笑っちゃ、愛に悪いんだけど……」と言った。すると愛が口をとがらせ、
「笑いごとじゃないよ」と言った。その顔が紅潮している。

トモちゃんが話しはじめた。
二人は、20分近く並んで店に入ったという。
「あの30パーセント割引のチラシがあるから、かなり混んでた」とトモちゃん。
それでも二人は店に入り、パスタをオーダー。食べはじめたという。
「食べ終わったあとなんだけど、愛がトイレに行ったんだ」
トモちゃんが言った。

「行ったのはいいんだけど……」と愛。

トイレは、当然、男性用と女性用がある。そこで、愛は一瞬迷ったという。

普通なら、女性の方に入る。けど、いま愛は男の子のふりをしている。

「迷ったんだけど、思い切って男性の方に入ったんだ」と愛。

そうしたら、同級生の男の子がそこで用をたしていたという。

男性用といっても、個室はあるが、いわば立ちションできるようにもなっている。

そこで、同級生のカマタという男の子が立ちションをしていたという。

「そのカマタがふり向いて……わたしと顔が合っちゃったんだ」と愛。

「で?」とわたし。

そのカマタという子は、すぐ愛に気づいた。そして、なんと、

「お前、男のトイレ覗《のぞ》きにきたのか。スケベなやつだな」

と言ったらしい。愛は、あわてて男性トイレを飛び出す。女性のトイレで用をたし、
テーブルに戻ったらしい。

「テーブルに戻ってきた愛がベソかいてるんだ。〈クラスでスケベ女って言われちゃう〉って」

トモちゃんが言った。

「そこで、わたしはカマタをつかまえて、店の外に引っ張り出したんだ」

とトモちゃん。この子は、工務店の娘だけあって気が強い。

「カマタって、もともとエッチなやつで、ついこの前、わたしたち女子バレー部の更衣室を覗いたのがわかっててさ」

「へえ……」とわたし。

「だから言ってやったよ。愛が男子トイレに入ったのは単なる間違え。でも、あんたが更衣室を覗いたのはバレてるんだからねって」

「で？」

「更衣室覗きの件を大っぴらにされたくなければ、さっきの愛は見なかった事にするんだね、そう言ってやった」

「そしたら？」

「カマタ、がっくりうなだれてたわ」とトモちゃん。

「で、最後に言ってやったよ。誰があんたのちっこいチンポコなんか見るもんかって」

店に笑い声が響いた。


「モンゴウイカ？」

わたしは訊《き》き返した。愛が、うなずいた。

「確かに、モンゴウイカを使ってた」と言った。

〈パスタ天国〉で、シーフードを使った〈ペスカトーレ〉、つまり〈漁師風パスタ〉を頼んだという。

880円だったとか……。湘南の店としては、かなり安い。

そこに使われてたイカが、モンゴウイカだったという。

モンゴウイカは、漢字で書くと〈紋甲イカ〉。主に海外で獲《と》れるイカだ。最近では、アフリカ沖とかで獲ってくるらしい。

身が厚く、大量に水揚げされるから単価が安い。


わたしは、ふと、お爺《じい》ちゃんの怒った顔を思いだしていた。

あれは、わたしが小学生の頃……。

ある日、お爺ちゃんは漁師をやっている仲間と逗子《ずし》の居酒屋に呑《の》みに行った。その店で、モンゴウイカの刺身が出たという。

そんな儲《もう》け主義の店だったらしい。

〈イカなら、目の前の相模《さがみ》湾で山ほど獲れるのに！〉

〈なんでわしらが、海外で獲った冷凍物を食わなきゃいかん！〉

そう言って、お爺ちゃんたちは店のオヤジと喧嘩《けんか》してきたらしい。家に帰ってきても、プンプンしていた。

日頃は穏やかな性格なのに……。

わたしは、そんな事を懐かしく思い出していた。それは、もう戻る事のない日々なのだけれど……。

1時間後。

「何してるの？」わたしは愛に声をかけた。

トイレの件から、かなり立ち直った愛が、ノートに向かい何か書いている。

「人件費がこれで……」などと小声でつぶやき、何か計算をしている。

「あの〈パスタ天国〉の経営がどんなか、計算してるんだ」と愛。ノートから顔を上げた。

そして、説明しはじめた。

「まず、あそこはバス通りで路線価《ろせんか》が高いから、もちろんテナント料も高いよね」と愛。

ろせんか……。わたしの知らない言葉だった。けど、そこは知らん顔。

「要するに、土地代が高いって事だね」とトモちゃん。

「そう……。だから、テナント料が高い。で、席数も多いから、人件費も極端には削れないよね」と愛。

「となると、削れるのはやっぱり食材しかないんだ」と言った。

「沢山あるチェーン店で、まとめて仕入れしてるのね」とわたし。

「そう……。だから、相模湾に面した葉山の店で、アフリカで獲ったモンゴウイカが出てくるわけだ」

と愛。腕組みして、

「まあ、薄利《はくり》多売《たばい》の典型かも」とまた難しい言葉を使った。

そして、〈パスタ天国〉のチラシを出した。

メニューの中、〈漁師風パスタ〉そこにボールペンで〈アフリカの〉と書き加えた。

アフリカの漁師風……。「やるね、経理部長」とわたしは苦笑い……。


翌日。午前9時。

「暑くなりそう……」わたしはつぶやきながら、身じたくをしていた。

これから昼までの3時間、一郎の船でマヒマヒ釣りに行く。店で使う食材の調達だ。

ハワイ語で〈マヒマヒ〉、日本語で〈シイラ〉。

美味《おい》しい白身魚だけれど、日本人にはなじみがない。見栄えが、美味しそうではない。

そんな理由で、ほとんどの人が手を出さない。

あるときの鮮魚店、１メートル近いマヒマヒが２００円で売られていた。それでも、売れないようだった。

ときどき、岸壁に捨てられているのを見る事もある。

丸い眼を見開いて捨てられている姿は、物悲しい……。

美味しい魚なのに、見栄えが悪いから捨てられている。〈お前には用がない〉と戦力外通告されて……。

そんな光景を見るたびに、わたしの胸は切なくなる……。


そのマヒマヒを食材として使うため、わたしと一郎は釣りにいこうとしていた。

もう７月の終わり。真夏の陽射しが、カリカリと照りつけている。

いつでも頭から水を浴びられるように、ワンピースの水着。その上にショートパンツを穿《は》いた。店を出ようとすると、

「はい、これ」と愛。何かのチューブを差し出した。見れば、
「陽灼《ひや》け止め……」わたしは、つぶやいた。
「そっか、いちおう塗っといた方がいいよね」とつぶやく。自分の肩に塗ろうとした。
すると、
「ダメって……」
「ダメだよ、海果」と愛。
「それは、一郎に塗ってもらうんだよ」
「一郎に？」と訊き返す。愛がうなずき、
「まったく奥手《おくて》なんだから……」と言った。
「だいたい、陽灼け止めって、男の人に塗ってもらうものなんだよ」愛が言った。
「それって、どこで教わったの？」とわたし。
「漫画」と愛。
そうか……。最近、愛は漫画を読み放題の無料アプリをスマートフォンに入れた。
それで、しょっちゅうラブコメ漫画を読んでいる。
「海果、一郎といい線いきかけてるのは、わかってるんでしょう」と言った。
「はあ……」
「とりあえず、陽灼け止めを肩に塗ってもらうとか、そういうスキンシップで一歩前

進だよ」と愛。

「はいはい」とわたしは苦笑い。

〈このませガキ〉の言葉は呑み込んだ。陽灼け止めを、デイパックに入れた。店を出た。

ザバッ！

船のへさきから飛沫《しぶき》が上がった。

ガラス玉のような飛沫が、真夏の陽射しを浴びて光る。

一郎が操船する小型の漁船は、小さな波を切って、沖を目指す。

港から南西に向かっていた。

練習している大学ヨット部のディンギーをかわし、さらに葉山沖へ……。

10分ほど走ったところで、速度を落とす。一郎は、二本のルアーを船の後ろに流した。

これで、マヒマヒがかかるのを待つ……。

青というより紺色に近い夏空。

白いソフトクリームのような雲が、もり上がっている。

まだ9時半なのに、陽射しは強い。

そこで、わたしは思い出した。愛が渡してくれた陽灼け止め……。そうだ、あれの出番だ……。

かたわらに置いたディパック。そこから、陽灼け止めを出しかけた。

そのとたん、ジャーッとリールが鳴った。

6　やっぱりカピバラだね

ふり向く。30メートルぐらい後ろで、マヒマヒがジャンプした。

グリーンと金色の魚体が、海面を割って跳んだ。

一郎が、船のクラッチを中立《ニュートラル》にした。そして、落ち着いた動作で、マヒマヒがかかっていない方のルアーを上げる。

わたしはもう、マヒマヒがかかっている竿《さお》を手にしていた。

さらに10メートルほど釣り糸《ライン》を引き出して、マヒマヒは止まった。

わたしは、力を込めてリールを巻きはじめた。


「まずまず」と一郎。

船に上げたマヒマヒを見た。80センチぐらい。真夏のマヒマヒとしては、平均的な大きさだろう。

一郎は、それをクーラーボックスに入れた。いつもながら、逞《たくま》しく落ち着いた動作で……。

そして、またルアーを流しはじめた。

船は、自転車ぐらいのスピードで海面をいく……。

相変わらず、陽射しは強い。そこで、わたしはまた陽灼け止めの事を思い出した。

デイパックから、陽灼け止めのチューブを出す。

「あの、これ……」と言いながら、一郎に差し出した。

「おお」と一郎。陽灼け止めを手にした。

「そうか。いくら漁師でも、あんまり真っ黒じゃあな」と言った。陽灼け止めを、自分の顔に塗りはじめた。

あちゃ……。


「どうしたの、海果！」

とお風呂《ふろ》から愛の声がした。夕方の5時過ぎだ。

ランチタイムは、猫のサバティーニに惹《ひ》かれたお客がそこそこ来た。

けれど、観光客のお客は、やはり少ない。

午後2時を過ぎると、お客はまるで入ってこなくなった。みんな〈パスタ天国〉に入ってしまうのかもしれない……。

仕方なく、今日は夕方の5時で閉店にした。

やっと修理の終わったお風呂に入る事にした。

もともと、経費節減のため、なるべくお風呂は二人一緒に入るようにしている。なので、愛はもう入っている。

わたしがもたもたしてるので、〈どうしたの、海果!〉という声がした。

「う、うん……」

わたしは、いまいちの返事。もそもそと服を脱ぎ、お風呂に入った。夏なのでぬるめにしてあるお湯に入った。

そのわたしの肩のあたりを見て、

「ありゃ！　海果、陽灼《ひや》けしちゃってるじゃない！」

と愛が言った。

わたしは、もともと色白ではない。陽射しが強い海岸町で育ったせいか、どちらかといえば色が浅黒い。愛と同じで……。

それにしても、午前中の強い陽射しで、肩のあたりは灼けてしまっている。

水着の跡が、くっきり……。

それを見た愛が、「ありゃ!」と言った。

「海果、陽灼け止め、塗らなかったの?」

「塗ったよ」とわたし。「でも……一郎が自分の顔に……」

ぼそっと言った。そして、事のなりゆきを話した……。

「なんで一郎に言えなかったの?　わたしにも塗ってって……」と愛。

「……それが、照れくさくて……」わたしは、またボソボソッと言った。

聞き終わった愛は、

「ウブというか、なんというか、あきれた……。海果、やっぱカピバラって言われるわけだ……」とつぶやいた。

「ほっといて」今度はわたしが鼻までお湯につかり、水面にぶくぶくと泡を吹いた。


けど……そんなことでもめてる場合じゃなかった。

「30万?」とわたしが訊《き》き返し、

「ひゃあ……」と愛がつぶやいた。

夜の7時過ぎ。トモちゃんが、やってきた。

わたしたちは、晩ご飯を食べているところだった。午前中に釣ったマヒマヒを、バター焼きにして愛と二人で食べていた。そこへトモちゃんが、やってきた。

「この前の偵察は、お疲れ様」とわたしは言った。〈パスタ天国〉の事だ。

トモちゃんは笑顔を見せ、マヒマヒのバター焼きの匂いをかいでいる。

「食べる?」

訊くと、うなずいた。わたしは、冷蔵庫からマヒマヒを出した。


トモちゃんが、一枚の請求書を出した。

〈壁面補修工事《へきめんほしゅうこうじ》〉

〈請求額　30万円〉と書かれている。

「これって、うちの?」わたしが訊くと、トモちゃんはうなずいた。

「うひゃ……」と愛。

確かに……。お風呂の壁は、半分近く壊れた。その修理には、二人の作業員が5日がかりだった。材料費も入れると、30万円は妥当なのかもしれないけれど……。

「お父さんは、もっと安くしてあげようとしたらしいけど」とトモちゃん。

「それじゃ、なんか、悪いことしちゃったのかな……」わたしは、つぶやいた。トモちゃんのところに工事を頼んだ結果が……。

そんな事を思いながら、トモちゃんの前にマヒマヒのバター焼きを置いた。

「いいのいいの、ほかで儲《もう》けてるから。支払いは分割でいいってさ」とトモちゃん。いつも通りサバサバと言ってフォークを手にした。

「いただきます！」


「ライン、耕平からだ……」

愛が、スマートフォンを手につぶやいた。

2日後。午後3時だ。愛は、スマートフォンの画面を見ている。

「ムール貝を店で使わないかって、耕平からきた」と愛。

「ムール貝？」わたしは、つぶやいた。

7　ムール貝、いいかもしれない

「でも、耕平がなんでムール貝を？」とわたし。

「ムール貝は畑じゃとれないよね」と愛に訊いた。

「当たり前じゃない、海果。ちょっと待って」と、愛がまた耕平とラインのやりとりをする……。

「なんでも、近所の子がその辺でムール貝を採《と》ってくるんだって」

「へえ……」

「ムール貝って、ヨーロッパとかから輸入するんだと思ってた」と愛。

いまは日本国内でもムール貝が採れる。それはなんとなく知っていた。けど、この葉山で採れるとは……。

「とにかく、持ってきてみてって耕平に言って」とわたし。愛が、うなずく。またラインを打ちはじめた。明日は、耕平がトマトを持ってきてくれる日だ。

「ムール貝、いいかもしれない……」


わたしは、つぶやいた。耕平とのラインを終えた愛もうなずいた。

「しばらくは、薄利多売の〈パスタ天国〉にお客をとられるだろうしね」と言った。

「そういう事……」とわたし。うちの〈パスタ・サバティーニ〉やマヒマヒ料理の人気が落ちたとは思えない。常連客は来てくれる。

けど、〈パスタ天国〉の安さは影響している。

ぶらっとくる観光客が多いこのシーズン、〈パス天〉にお客をとられているのは事実だ。

しかも、台風で壊れた壁の工事費がある。

トモちゃんのお父さんは、〈ああ、支払いはいつでもいいよ。分割でかまわないし〉と言ってくれてるらしい。

けど、たとえば6カ月がかりで30万円を返済するとして、月に5万円。逗葉《ずよう》信金への返済15万と合わせると、

「毎月、20万……」わたしは、ため息まじりにつぶやいた。

「そのためにも、パスタ以外のメニューも増やさなきゃ……」愛が言い、わたしもうなずいた。

「へえ……」わたしはつぶやいた。

翌日の夕方。耕平が店にきた。

いつも通り、トマトやキュウリをかなり持ってきた。そして、ビニール袋に入ったムール貝を手にしていた。ステンレスのボウルに出してみると、二〇個ぐらいある。

「……これを近所の子が採ったの？」とわたし。

「うん、二軒隣りの子。小学生の女の子で……」と耕平。

「小学生の女の子？」わたしと愛は、思わず訊《き》き返していた。

「いま四年生でさ、小学生になった頃に、その家にお母さんと引っ越してきたんだ」

「お母さんと？」訊くと耕平はうなずいた。

「お父さんはいないみたいでさ……」

「母子家庭……」愛がつぶやいた。

「ああ、お母さんは働いてるみたいで、ほとんど家にいないよ」と耕平。「昼間は葉山の上山口《かみやまぐち》で歯科医院の受け付けをやってて、夕方からは、逗子でビルの清掃作業とかやってるらしい」

「……大変ね……」とわたし。

「ああ、生活は楽じゃないみたいだな」

「その子とは、よく話すの？」わたしは訊いた。

「そうでもなかったんだけど、つい半年前かな……。おれがトマトの苗付《なえつ》けをしてると、それをスケッチしていいかってその子が言ってきてさ」

「スケッチ？」

「ああ、その子、小織《さおり》っていうんだけど、絵を描くのがすごく好きらしくて」

「へえ……」

「それから、ときどき、うちで作ってるナスやキュウリやトマトをスケッチしてるんだ」

　と耕平。

「で、その小織が、半月ぐらい前にムール貝を持ってきてさ」

「耕平のところに？」

「ああ……。小織のところ、生活がかなり苦しいみたいだから、ときどきトマトやキュウリを分けてやってたんだ。そのお礼って事らしかった」

「そっか……。君は優しいんだね」とわたし。耕平は、ちょっと照れて頭をかく。

「まあ、うちの野菜、あんまり売れないしさ……」と言った。

確かに……。低農薬で作っている耕平のところの野菜は、とても質がいいけど、見栄えが悪い。なので、店ではあまり売れない。

それもあり、うちの店で買い取っているのだけど……。

「その小織が採ってきたムール貝を見て、思ったんだ」と耕平。

「ここみたいに、パスタなんか出す店なら、ムール貝を使えるんじゃないかって」

「もちろん使えるわよ」とわたし。

「じゃ、買ってくれる？」と耕平。わたしは、うなずいた。

とりあえず、耕平が持ってきた二〇個ほどのムール貝を見た。買うのはいいけど、いくらにしよう……。

そばには、愛がいる。わたしはメモ用紙に、〈800円？〉と書いた。一個40円……。

するとと愛が〈600円〉と走り書き。

一個が30円……。さすが経理部長。シビアーだ。

わたしは、レジから600円を出し、

「これ、その子に渡して」と耕平に言った。耕平はお金を受け取ると、

「じゃ、次からは本人に持って来させるよ」と言った。

「よろしく」


「ほう、ムール貝か……」

と中沢《なかざわ》先生がつぶやいた。

翌日。午後1時半。近くにある動物病院の中沢先生が店にきた。

かなり高齢の中沢先生は、もともとお爺《じい》ちゃんの友人で、うち〈ツボ屋〉のお客だ。

最近では、猫のサバティーニを診《み》てくれている。

去年のクリスマス、親に見捨てられたキジトラの仔猫《こねこ》を、わたしと愛は拾った。

海岸町ではサバ猫と呼ぶその仔猫を、わたしたちは〈サバティーニ〉と名づけた。

そのサバティーニを、先生は気にかけてくれている。

月に2、3回はうちに食べにきて、ついでにサバティーニの具合を診てくれる。

きょうも、中沢先生はサバティーニの毛並みや口の中を手際《てぎわ》よく診て、

「大丈夫、健康だよ」と言ってくれた。

カウンターにかけた先生の前に、愛がメニューを置いた。

新しく描いたメニューには、〈本場シチリアの味！　ムール貝のワイン蒸し〉と描いてある。これを描いてる愛に、

「このシチリアって？」とわたしは訊いたものだ。

「だって、こう描けば、それらしいじゃない」と愛。おかまいなしにメニューを描いていく……。確かに、シチリアは地中海の真ん中にあるらしい。ムール貝の料理があって不思議じゃない。

「ま、いいか……」とわたしもつぶやいた。

店にニンニクをオリーブオイルで温めるいい匂いが漂う……。

みじん切りにしたニンニクを、オリーブオイルで温める。そこに、殻《から》をよく洗ったムール貝と白ワインを入れて蒸す……。ムール貝の口が開いたら出来上がり。簡単なものだ。

「うん……」と中沢先生。ムール貝を口に運んでつぶやいた。

先生は食べ歩きが趣味で、味のわかる人だ。そんな先生が〈うん……〉とだけつぶ

やくときは、満足してる証拠だ。確かに、このムール貝は鮮度がいい。

あれは、3年ぐらい前……。

わたしのお母さんがこの店をやっていて、高校生だったわたしが主に調理をしていた。

そんなとき、解凍された輸入物のムール貝をお母さんが仕入れた。

わたしがそのムール貝をワイン蒸しにしたら、少し生臭さを感じた。

海岸町で育ち、漁師のお爺ちゃんと一緒にキッチンに立っていたわたしは、そういう臭いには敏感だ。

〈カピバラ女〉と友達に言われるボケナスなわたしの、数少ない長所かもしれない……。


「そういえば、お母さんから何か連絡は？」

と中沢先生が訊いた。わたしは、首を横に振った。

逗葉信用金庫から300万をこえる運転資金の借入れをしたまま、お母さんは姿を消した。

あれから1年と4カ月。お母さんからは、なんの連絡もない……。わたしがうつむ

いていると、

「あ、可愛い！」

という声。店の外から聞こえた。

猫のサバティーニが、いつものように出窓から、丸い眼を見開いて外を見ている。

通りかかった二人の女性が、それを見て〈可愛い！〉と声を上げたのだ。

出窓のそばには、〈美味《おい》しいシーフード料理〉と愛の手描きポスター。それを見た女性たちは、ドアを開けて入ってきた。

「ほんと、招き猫だね」と中沢先生が苦笑いした。

テーブルについた女性客に、愛がメニューを持っていく。

「きょうのおすすめは、これ！　シチリア風のムール貝です！」という声が響いた。


その子が来たのは、翌日。午後4時近くだった。

昼間のお客はひけて、わたしと愛はキッチンで皿洗いをしていた。

ドアが開き、小学生らしい女の子が一人で入ってきた。痩《や》せっぽちで、すごく陽灼《ひや》けしている。

何かが入ったビニール袋を持っている。半透明のビニール袋には、貝が入っているようだ。

「あの……」とその子。小さな声で言った。わたしは、すぐにピンときた。

「あんた、耕平の家の近くに住んでる小織《さおり》ね？」

と訊《き》いた。彼女は、無言でうなずいた。

わたしは、小織が持ってるビニール袋を見て、

「それ、ムール貝でしょ？」と訊いた。小織は、また小さくうなずいた。

わたしは、あらためて彼女を見た。耕平によると小学四年生だという。だけど、痩せて小柄。三年生ぐらいに見える。

襟《えり》ぐりの伸びたTシャツ。ショートパンツのスソはほつれている。

履いてるのは、黒いゴムゾウリ。それは、ビーチサンダルなどというより、もろにゴムゾウリだった。

そのゴムゾウリは、彼女の足には大きすぎるし、薄切りハムのようにすり減っている。

顔も手足も濃く陽灼けして、後ろに束ねた髪は、まだ濡《ぬ》れている。海からあがって間もないようだ。

左の膝《ひざ》に擦《す》りむき傷があり、まだ少し血がにじんでいる。

「そのムール貝、売ってくれるんでしょう？」

いる。

　と訊くと、うなずく。手にしたビニール袋を差し出した。それを受け取り、中のムール貝をボウルにあけた。

　またつやつやと濡れているムール貝。数えると三〇個ある。愛も隣りでそれを見ている。

　いくらで買おう……。

　この前、耕平が持ってきたのは、愛が値切って一個30円で買った。

　いまここにあるのは、三〇個……。とすると、〈900円?〉とわたしはメモ用紙に書いて愛に見せた。

　愛はちょっと考え、〈千円〉と走り書きした……。

「え?」わたしはつぶやいた。

8　玉ネギが目にしみて

正直、驚いた。
何につけても、経理部長の愛は仕入れ値をねぎる。
潰《つぶ》れる潰れないの瀬戸際《せとぎわ》にあるうちの店には、必要な事かもしれないけれど……。
そんな愛が、たとえ１００円でもわたしより高い値をつけるとは……。
わたしは驚いたまま、レジから千円を出して小織《さおり》に差し出した。
彼女は、〈え、こんなに？〉という表情。
「これでも安いんだから気にしないで」わたしは言った。それは本当だ。
以前、お母さんが冷凍物のムール貝を仕入れたとき、一個40円以上はしたと思う。

「絵を描くの、好きなんだって？」

愛が小織に訊いた。ちょうど作っていた麦茶を、小織にも出してあげたところだった。

「絵は、小さいときからずっと好きで……」と小織。ぽそっと言った。

「どんな絵を描くの？」と愛。自分もイラストを描くので興味があるんだろう。

「どんなって……」

と小織。少し迷って、肩にかけていた小型のディパックを開ける。

すごく遠慮がちに、中からノートを取り出した。

それは、スケッチブックではなく、普通のノートだった。どこにでもある一番安いノート。小織は、それを開いた。

細い罫《けい》があるページに、色鉛筆で風景が描いてある。

砂浜と海と空。たぶん一色《いっしき》海岸だ。それを見た愛が、

「上手《うま》いじゃない……」とつぶやいた。

わたしも、〈へえ……〉と思った。いかにも子供が描いた絵を想像してたのだけど、違っていた。ちゃんとした鉛筆画だった。

愛が、「もっと見ていい？」と言いノートのページをめくる。

葉山の港……。漁船……。砂浜に向かう小道……。

岸壁にとまっているカモメ……。砂浜にある貝殻……。

そして、トマト、キュウリ、ナス……。

「これ、耕平のとこの野菜だね」

と愛。小織は、微笑してうなずいた。うちの店にきて、初めて表情が柔らかくなった。

愛が、ノートの最後のページまでめくった。そして、手を止めた。

最後のページと裏表紙の間に、一枚の紙がはさまっていた。

愛が手にとったのは、チラシだった。

〈売り物件求めてます！〉という不動産屋のチラシ。

その裏は白地で、絵が描いてあった。葉山の海と沖にある菜島《なじま》の絵。小織が描いたものだ。

「なんで、チラシの裏に？」とわたしは訊いた。

「……ノートがなくなっちゃったから……」と小織。

〈じゃ、新しいノートを買えば？〉と言いかけて、わたしはその言葉を呑《の》み込んだ。

「もしかして……ノート買うお金を節約してるとか？」

訊くと、首を横に振った。

「節約っていうか、お金がなくて……」と小織。

「お母さんがくれるお金じゃ、ご飯を食べるのがギリギリで……」視線を落としてつぶやいた。

わたしは、うなずいた。小柄で痩《や》せっぽちの小織を見た。小学四年生といえば、そろそろ初潮年齢……。でも、この子にはそんな気配が全くない。いかにも子供だ。

お母さんからもらっている食費も、決して満足じゃないのだろう……。

「大変だね……」とわたし。

「でも……」と小織。「このお金で、新しいノートと鉛筆が買える……」

と言った。テーブルにあるムール貝の代金千円をじっと見た。その小織を、愛が見ている。

「でも、なんでムール貝を採りはじめたの？」

わたしは訊いた。麦茶を飲んでいた小織は、顔を上げた。

「……1カ月ぐらい前、漁港で絵を描いてたんだ……」と小織。だいぶしゃべるようになってきた。

「漁港？」

「そう、漁港の岸壁に腰かけて絵を描いてたんだ」と小織。愛がうなずいた。

「そのとき、持ってた色鉛筆が海に落ちちゃって」と小織。「わたしは、あわてて海に飛び込んで……」と言った。

そうか……。

この子にとって、一本の色鉛筆がどれほど貴重なものなのか、わたしにも想像がつく。

「色鉛筆はなんとか拾えて、わたしは岸壁に垂れてたロープをつかんで上がる事ができたんだけど……」と小織。

「海に飛び込んで、落ちた色鉛筆を探してた時、岸壁の下の方についてる貝に気がついて……」

「それがムール貝だとわかった？」わたしが訊《き》くと、彼女はうなずいた。

「で、翌日、下に水着を着て港に行ったんだ」

「本格的にムール貝を採ろうと？」

「そう、ビニール袋を持って行って、ムール貝を採りはじめたんだけど……」

「だけど？」

「港で仕事をしてるらしい人が来て、〈港の中の水はきれいじゃないから、ここで採った貝は食わない方がいいよ〉って……」

「確かに……」わたしは、つぶやいた。漁港の海面はあまりきれいじゃない。

「ここより、すぐ近くのヨット・ハーバーの方が水がきれいだし、桟橋の下にムール貝がついてるよってその人が教えてくれて」

「へえ……。それじゃ、あんたはいまヨット・ハーバーでムール貝採りをしてるの？」

訊くと、小織はうなずいた。


「これからも、ムール貝、持ってきてくれるよね？」わたしは、小織に言った。

「それはいいんだけど……」と小織。

「いいんだけど？」

「あの……今度、採りにいくとき、一緒に行ってくれる？」

小織が遠慮がちに言った。そして、説明しはじめた。

「ヨット・ハーバーの中で、女の子が一人でムール貝を採っていると、どうしても目立っちゃって……。ときどき、じろじろ見られるから……」

と小織。けれど、仲間がいれば、あまり目立たないかもしれない。

そんな事を、小織はボソボソと話す……。

「いいわよ、ハーバーで貝採りするの、面白そうだし」わたしが言い、愛もうなずいた。

「珍しい事もあるもんだ」

わたしは、愛に言った。小織が帰っていった10分後だ。

「あんたが、わたしより高い仕入れ値をつけるとはね……」

もちろん、さっきのムール貝の事だ。

「……だって……」と愛。晩ご飯のために玉ネギを切りながら、

「わたしも小学生のとき、貧乏でボロボロになってたけど、あの子ほどじゃなかった」と言った。

「そっか……」

わたしは、つぶやいた。

愛が小学五年のとき、お母さんが悪性リンパ腫《しゅ》を発症して入院した。

その頃、お父さんが作った会社もうまくいかなくなって……。

愛に言わせると、〈お父さんにとって、わたしはお荷物……〉。

そんなとき、一緒に車で行ったショッピング・モールで、愛はお父さんに置き去りにされかかったという。

わたしが、出会った頃の愛は、そんな辛《つら》い日々を過ごしていた。

晩ご飯のサンドイッチを、コンビニに買いに行った。けれど、代金が5円足りなくて、サンドイッチを諦《あきら》めようとしていた。

そのコンビニでわたしが5円を貸したのが、愛との出会いだった。

それから1年3カ月。

〈ビンボー娘〉のわたしたちは、今は寄りそうように暮らし、このツボ屋をやっている。

まだまだ、店の経営はぎりぎりの低空飛行。明日《あした》は見えないのだけど……。

「まあ、とりあえず晩ご飯にしよう」

わたしはため息まじりに言った。とりあえず、自分たちの晩ご飯を作りはじめた。

今夜は低予算の玉ネギ・カレーだ。


ふと、玉ネギを切っていた愛がつぶやいた。

「あんな安いノートも買えないなんて……」ポツリと言った。どうやら小織の事らしい。

そして、愛は玉ネギを切っていた包丁を置いて、そっと自分の目尻《めじり》をぬぐった。

「玉ネギが沁《し》みたの？」訊くと愛はうなずいた。

「耕平のとこの玉ネギ、香りが強いから……」とつぶやいた。

確かに、耕平から買っている玉ネギは、香りも味も濃い。

けれど、玉ネギが目に沁みたのか、小織を見て感じた何かが心に沁みたのか、それはわからない。

店のミニコンポからは、E《エリック》・クラプトンの歌う〈Over The Rainbow《オーバー・ザ・レインボー》〉が低く流れていた。

「あ、慎《しん》ちゃんからだ」わたしは、つぶやいた。夜の8時だった。

俳優の慎からラインがきた。

9　一生懸命は、宝石より美しい

〈今夜9時から、おれのインタビュー番組をテレビでオンエアーするんだ。観てくれる？〉と慎からのライン。

〈もちろん観るわよ〉とわたしは返信した。チャンネルは、NHKのBSだという。

〈じゃ、そのあとにまたラインするよ〉と慎。


『著者と語る』という番組タイトルがテレビに映った。

スタジオで、女性のアナウンサーが話しはじめた。

どうやら、話題の本の著者をスタジオに招いてインタビューする、そんな番組らしい。

「さて、『著書と語る』第25回の今夜、スタジオにお迎えしたのは、俳優の内海《うつみ》慎《しん》さんです」

と女子アナ。向かいあって、慎が椅子にかけている。

「慎ちゃん、少し元に戻った」と画面を見ている愛がつぶやいた。

確かに……。わたしも胸の中でうなずいた。

去年の年末、東南アジアの一人旅から帰ってきたときの慎は、まるで別人のようだった。

それまでは、色白で傷つきやすいナイーブな青年というイメージだった。

それが、東南アジアから帰ってきた慎は、深く陽灼《ひや》けし、伸びっぱなしの長髪はミュージシャンのように後ろで束ねていた。その姿で、電車に乗っても、あの内海慎と気づく人はいなかったらしい。

そんな慎は、帰国から7カ月たって、肌の色が普通に戻っている。

程よく伸ばした髪は、パラリと眉《まゆ》にかかっている。ルックスは、以前のイメージにかなり近い。

「でも、慎ちゃん、以前の慎ちゃんじゃないみたい……」

愛がつぶやき、わたしもうなずいた。うまく言えないけど、目にやどる強い光が感じられた。以前の慎にはなかった光が……。

画面の下にテロップが流れる。

〈内海慎　20歳。14歳でスカウトされ、それ以後、数多くの映画やドラマに出演〉

〈ナイーブで翳《かげ》りのあるキャラクターで、独特の人気を得る〉

〈子供のときからの趣味は、写真を撮ること〉

〈昨年秋から約3カ月、仕事のオフをとり、東南アジアを一人旅〉

その理由が、父親が衆議院選に出馬した事とは、もちろんテロップには出ない。その父親が、選挙違反で検挙された事も……。


「さて、内海慎さんが出版されたこの写真集が、いま評判をよんでいるんですね」

とアナウンサー。写真集を手にして、カメラに向けた。

そのとたん、わたしも愛も、

「ひゃ！」と声を上げた。


その表紙は、わたしと愛の写真だ。

一郎に格安で売ってもらったサバを運んでいる場面。

かなり大きなポリバケツに一杯のサバ。そのシッポが、何本もはみ出ている。

そんなポリバケツを、わたしと愛が必死で運ぼうとしている写真だ。二人とも、歯を食いしばってポリバケツを持ち上げている。

その写真が表紙……。けど、こうしてテレビにアップで映ってしまうと、気恥ずかしい。

「この写真集のタイトルは、『生きている』ですね」とアナウンサー。

「ええ」と慎。

「この表紙をめくると、書かれている二行ですが」とアナウンサー。

『懸命に生きている姿は、
　どんな宝石より美しい』

慎が書いた言葉が、画面に映った。

「この思いが、内海さんがこの写真集で表現したかったことなんでしょうか」

「そうですね」と慎。

そこで、写真集の中の写真が、画面に映る。

タイらしい国の田んぼで、田植えをしている若い女性……。

どこか東南アジアの砂浜。小船のそばで、網からエビをはずしている父と息子……。

シンガポールの路地裏。エビの殻を一心不乱にむいている女性……。

そんな東南アジアの写真に、日本の写真もまざる。

葉山の漁港。サザエの漁を終え、小船をスロープに上げている初老の漁師……。

そして、真剣な目つきで、まな板の魚をさばいているわたしの横顔……。

「出た！　慎ちゃんが海果に恋した瞬間！」と愛。

「コラ！　ませガキ！」

わたしは顔を赤くして、愛の頭を軽く叩《たた》いた。

「これらの写真は、どれも手や体を使って仕事をしている人々の姿をとらえてますよね」

とアナウンサー。慎は、うなずく。

「こうして、手や体を使って一生懸命に働くことの大切さや尊《とうと》さを、僕らは忘れかけているような気がして……」

「なるほど……そうかもしれませんね」とアナウンサー。

「内海さんが、そういう思いを持たれたきっかけになった何かがあるんですか？」と訊《き》いた。慎はうなずいた。

「去年の夏、映画のロケを葉山でやったんですが、そのときですね」

「へえ……葉山といえばお洒落《しゃれ》な町というイメージがありますが……」

「もちろんそれも葉山の一面だけど、そこには体を使って一生懸命に働いている人たちもいるんですよね。そんな瞬間に出会ったのが決定的でしたね」

と慎。

「なるほど。それを象徴する場面が、この表紙にある、お魚を運んでいる二人の若い女性たちなんですね」

とアナウンサー。NHKなので、〈この小娘たち〉などとお下品な事は言わない。

「ええ……。葉山の森戸海岸でお店をやってる二人なんですが……。それが、すべてのはじまりでした」と慎が言った。

番組が終わって10分後。慎からラインがきた。

〈観た？〉

〈もちろん。まだテレビ局？〉

〈いや、あれは1週間前に撮った録画なんだ〉

〈あ、そうなんだ〉

〈番組の中で、『ツボ屋』の店名を出したんだけど、NHKだから編集でカットされ

てた〉

〈そっか……。でも、ありがとう。……写真集、好評で良かったね〉

〈君や愛ちゃんのおかげさ。ところで、ちょっと相談があるんだけど〉

〈相談？〉

〈うん、直接会って話をしたいんだ。来週あたり、店に行くよ〉

〈了解。待ってるわ〉で、ラインは終わった。そばでは、愛が思い切り首をのばし、興味津々《きょうみしんしん》な顔つきでスマートフォンをのぞいている。

「慎ちゃんの相談ってなんだろう」と愛。

「さあ……」とわたし。

「夏休みだし、一泊旅行いかない、とか？」と愛。うふっと笑った。

「バカ」わたしは苦笑い。


「な、南仏《なんふつ》のニースだ……」と口を半開きにした愛がつぶやいた。

正午過ぎ。

わたしたちは、小織《さおり》と一緒にヨット・ハーバーに入っていったところだった。

あの葉山マリーナのすぐ近く。わりと最近にできたヨット・ハーバーだ。

葉山マリーナには、長い歴史がある。それに比べれば、このハーバーはわりと新しい。

門は開いていて、いまは誰でも入れる。わたしたちは、ポリバケツを手に入っていった。

その中は、わたしたちにとって別世界だった。

大型のヨットやクルーザーが、ずらりと浮かんでいる。大小の桟橋があり、車が駐車するように、ヨットなどが並んで舫《もや》われていた。

真夏の陽射しが、ハーバーの水路に反射している。

浮かんでいるヨットの上では、くつろいでいる人たちがいる。

午前中に軽くクルージングをして、船の上でランチタイムを楽しんでいる。そんな感じだった。

あたりには、子供の姿も多い。夏休みなので、ヨット・オーナーの親と一緒に来ているらしい。

桟橋を歩いていると、あちこちでそんな子供たちが遊んでいる。

釣りをしている子もいる。網で、海面の小魚をすくおうとしてる子たちもいる。

そんなハーバーをわたしたちは、歩いていく……。

ふと、小織が立ち止まった。わりと人が少ない一画だった。

「下に、ムール貝がいるんだ」と小織。

栈橋を支える柱が水中にある。そこにムール貝がついているという。

小織は、Tシャツとショートパンツを脱いだ。その下にはかなり色落ちしたワンピースの水着を着ている。そして、金属の道具を手にした。

それは、磯鉄《いそがね》と呼ばれるもので、よく見かける。釘抜《くぎぬ》きのような形。磯にへばりついているアワビやトコブシをはがして採るためのものだ。

小織は、水中眼鏡をつけ磯鉄を持った。栈橋から、水に入った。

そして、大きく息を吸い込み、潜っていった……。

30秒ほど潜っていると、上がってきた。片手にムール貝を二個持っている。わたしがポリバケツを差し出すと、小織はそこにムール貝を入れた。そして、また水に潜っていった。

そんなわたしたちをじろじろと見る人はいない。ランチタイムなので、船の上では、ヨットやクルーザーのオーナーたちが飲んだり食べたりしている。

その子供たちは、自分が遊ぶのに忙しい。

小織は、潜ってはムール貝を採り続けている。

ふと、近くに舫ってある大型ヨットの上で声がした。

「お昼よ！」とお母さんが、桟橋で釣りをしている子供たちに声をかけた。小学六年ぐらいの男の子と、妹らしい女の子が、そっちを見る。

女の子は、可愛らしいフリルのついた子供用の水着を着ている。

「お昼、何？」と男の子が訊いた。

「クロワッサン・サンド。早くいらっしゃい！」とお母さん。

子供たちは、桟橋に釣《つ》り竿《ざお》を置く。ヨットに歩いていき、身軽に乗り移った。

わたしは、真夏の眩《まぶ》しい陽射しに目を細める。そんな光景を眺めていた。

ふと気づけば、愛もそっちを見ている。口を少し開いて、ヨットを見ている。そのデッキで、楽しそうにクロワッサンのサンドイッチを食べている両親と子供たちを見ている……。

自分にはもう訪れる事がないだろうその光景を、愛はじっと見つめている。

頭上で、チイチイというカモメたちの鳴き声がしていた……。

「ああ、その子なら知ってるよ」と一郎。船の舵《かじ》を握っていった。

ヨット・ハーバーに行った2日後。午前9時過ぎ。

わたしたちは、葉山沖でマヒマヒ釣りをしていた。すでに海に二本のルアーを流し、当たりを待っていた。

「あの子を知ってる？」

「ああ。あれは1カ月前かな。うちの漁港でムール貝を採ってる女の子がいたんだ」

「それが小織？」

「名前は知らないけど、いかにも小学生だった」と一郎。「ムール貝を採るのはいいけど、漁港の中って水がきれいじゃないんだ」

「だよね……」

「そう。漁船って毎日のように酷使《こくし》するから、エンジンオイルや燃料の軽油《けいゆ》が、しょっちゅう海に漏《も》れ出すんだ」と一郎。

わたしは、うなずいた。漁港の海面に油が浮いているのはよく見る。

「で、おれはその子に言ったのさ。ここで採った貝は食わない方がいい。どうせなら、あそこのヨット・ハーバーで採ればいいって」

わたしは、またうなずいた。小織からそのときの話を聞いたとき、優しく言葉をかけてくれたのは一郎のような気がしていた。やはり、そうだった……。

「ハーバーに舫ってあるヨットやクルーザーは、金をかけてよく整備されてるから、オイル漏れなんてあまりないな。だから、ハーバーの中の水は、かなりきれいだよ」

「よく知ってるのね」とわたし。

「ああ、しょっちゅう魚を買いに来るヨットのオーナーがいてさ……」

一郎がそう言ったとたん、リールがジーッと鳴った。後ろの海面でマヒマヒが跳んだ。


その2時間後。

マヒマヒを三匹釣ったわたしたちは、港に帰ろうとしていた。

そのとき、一艘《そう》の漁船とすれ違った。こちらと同じぐらいの小型の漁船だ。やはり、トローリングで魚を釣っている。いまも、かかった魚を上げている。それを見た一郎が、

「あの野郎……」とつぶやいた。

10　もしかしたら、最後の夏休み

一郎が、船の無線をとった。マイクを口に近づけ、

「ヨウケイ丸、とれるか？」と言った。5、6秒して、

「おう、一郎か」という太い声が無線のスピーカーから響いた。若い男の声だった。

「コウジ、いますれ違ったよな」と一郎。

「ああ、そうみたいだな」と相手。

「お前、ワカシ獲《と》ってただろう」一郎が言った。

「ああ……」と相手。

「何考えてるんだよ、このバカ野郎」と一郎。

「うるせえなあ、ワカシ獲って何が悪いんだよ」

「お前、脳ミソあるのか？　少しは考えろよ」

「うっせえなあ、よけいなお世話だ」と相手。そこで、無線は切れた。

「いまのは？」わたしは訊《き》いた。船は、ゆっくりとしたスピードで港に戻っていた。

「小坪《こつぼ》の漁師。コウジってやつだ」と一郎。わたしは、うなずいた。小坪は逗子の漁港。葉山からは近い。

「で、あの船、ワカシ獲ってたんだ」

「ああ、ちょうど取り込んでるところだった」と一郎。

わたしには、かかった魚としか見えなかった。けど、一郎は驚くほど視力がいい。

「獲らなきゃイナダになるのに、いまワカシを獲るなんて、自分で自分の首を絞めるようなもんだ」

一郎が舵を握って強い口調で言った。わたしは、うなずいた。

ワカシは、ブリの子供だ。

8月の今頃は、せいぜい30センチぐらいでワカシと呼ばれている。

それが10月ぐらいになると、ぐっと大きくなる。重さも1キロから2キロ。

その大きさになると、イナダと呼ばれる。刺身でもバター焼きなどにしても美味《おい》しい。

それが真冬になると、8キロをこえてブリになる。育つにつれて呼び方が変わる、いわば出世魚だ。

「ワカシじゃ、美味しくないわよね」わたしは言った。一郎は、うなずく。

「せいぜい塩焼きだろうけど、まるで美味《うま》くないな」

「それでも売り物になるの？」

「まあ、並べときゃ、観光客が買っていくかもしれないな」一郎は、つぶやいた。

「現金収入が欲しいから、ワカシでも獲っちゃうの？」

「そうなんだろうけど、これから育つ魚をその前に獲るなんて自殺行為だ……」いく手の海を見つめて、一郎はつぶやいた。

「あ、ヤリイカ、大漁！」愛が声を上げた。

朝の5時。魚市場。わたしたちは、いつも通り魚拾いにきていた。

傷ものだったり、なじみがなくて売り物にならない魚やイカを拾いに来ていた。

今日は、ヤリイカがかなり網に入ったらしい。

ただ、ヤリイカは柔らかいので、定置網から上げるときに身や脚が千切れてしまう事が多い。

そんなヤリイカは、商品価値がないので、捨てられてしまう。いまも、魚市場の片隅に、かなりの数が捨てられている。

もったいない事に……。

わたしと愛は、そんなヤリイカたちを、ていねいに拾ってポリバケツに入れはじめた。大事な店の食材でもある。

今日は、メジナやソウダガツオも網に入ったらしい。

食べれば美味しい魚だ。

けど、一般のお客は手を出さない魚なので出荷出来ない。そんな、いわゆる端物《はもの》も市場の隅に捨てられている。

わたしたちは、それも一匹一匹ポリバケツに入れていく……。

「一郎、タコ一匹！」という声が市場に響いた。

生簀《いけす》の近くで仕事をしていた一郎がそっちを見た。

魚の仲買人が、30メートルほど離れたところにいる。発泡スチロールのトロ箱を持っている。

一郎は、生簀からタコを取り出した。

生きているタコは脚をくねらせ動き回るので、扱いづらい。そこで、小型のネットに入れてある。

一郎は、そんなタコの入ったネットをつかむ。仲買人のいる方へ投げた。

いつも通り、ネットはきれいな放物線を描いて仲買人が持っている発泡スチロールの箱にすっぽりと入った。

周囲から拍手が沸き上がった。この魚市場の名物シーンでもある。

けど、それを見ていたわたしは、おやっと思った。

タコを投げる一郎のフォームが、変わってきていた。

以前は遊び半分、腕だけで投げていた感じがする。

それが、いまは体全体を使って投げている。

左足を踏み込み、肩を大きく回し、投げた。それは、まさにピッチャーのフォームだった。

先月から、一郎は本格的なトレーニングをはじめた。プロ野球の世界にカムバックするために……。

それが、タコを投げるフォームにも現れているのかもしれない。

わたしは、そんな事を思いながら、市場の床に落ちているウマヅラハギを拾っていた。

魚を拾うのに一生懸命で、魚市場の隅でじっと一郎の姿を見ている一人の男には気づかなかった……。

「娘とデート？」

わたしは葛城《かつらぎ》に訊き返した。

日曜の午後3時。ランチタイムのお客がとぎれたところだった。

今日も葛城は、店の手伝いにきてくれている。

彼は、逗葉信用金庫の融資《ゆうし》担当者。わたしのお母さんに、300万円をこえる運転資金を融資した本人だ。

融資担当者としては、その資金を回収しないと立場があやうい。

そこで、うちの店を手伝いにきている。今日もワイシャツの上にエプロンをかけて手伝ってくれていた。

「え？　里香《りか》とデートするの？」と愛も訊き返した。

「まあ、デートというか……」と葛城。少し照れている。

彼は、この春、離婚した。

一人娘の里香《りか》はいま中学三年生。その里香は、母親と暮らしはじめた。実家が資産家の母親と……。

葛城は、いま葉山町内のアパートで一人暮らしをしている。

「里香と会っちゃいけないとか、ないの？」と愛。

「離婚の条件に、それはないんだが……」と葛城。

「そっか、夏休みだからたまにはお父さんとつき合ってあげようかとか……」と愛が言い、

「まあね」と葛城。「それはいいんだけど、里香をどこに連れていったもんだか……」

とつぶやいた。困った顔をしている。わたしと愛は、顔を見合わせた。

「もし、それ教えてあげたら、お金の返済、少し遅らせてくれる？」と愛。

「返済を？」

「そう、今月の返済期日を半月遅らせてくれる？」と愛がせまった。

確かに、あの〈パスタ天国〉のおかげで、うちの売り上げは落ちている。

毎月の末に返済しなきゃならない15万円が、しんどい。

葛城は、苦笑い。

「……まあ、今月に限ってという事なら、なんとかならない事もないが……」

と言った。愛にせまられて、その禿《は》げかかった額に汗が光っている。

「里香はまだ中学生なんだから、浦安《うらやす》のディズニーランドとかが妥当かな……」とわ

たし。

「一泊できるなら、ユニスタも人気だよ」

と愛。ユニスタは、大阪にある〈ユニバーサル・スタジオ・ジャパン〉だ。

「まあ、そういうところもいいんだが、できれば湘南の周辺で……」と葛城。

「え？　どうして？」と愛。葛城は、しばらく無言。麦茶をひと口……。

「もしかしたら、里香、引っ越すかもしれないんだ」

「引っ越す？」

わたしと愛は、同時に口に出していた。葛城は、うなずき、

「里香は、ピアノをやっているんで……」

里香は、幼稚園の頃から本格的にピアノを習っている。それは、聞いた事がある。

「母親としては、里香を音楽大学の附属高校に入れたいらしくて……」と葛城。

「それって、東京？」訊《き》くと葛城はうなずいた。

「もし里香がその附属高校に合格したら、親子で東京に引っ越す計画があるらしいんだ」

と言った。

音大の附属高校に入る事になると、練習やら何やらで、葉山から通うのは難しくなる。

そこで、母親と東京に引っ越す事になりそうだと葛城は言った。

「そっか……」と愛。

「もしそうなったら、里香が葉山で過ごす最後の夏休みになるのか……」とわたし。

「それで、湘南の周辺なのか……」とつぶやいた。

「ああ、最後の思い出になるかもしれないからね……」と葛城。静かな声で言った。

わたしも愛も、かすかにうなずいた。

店のオーディオから、ビートルズの〈P.S. I Love You《ピー・エス・アイ・ラブ・ユー》〉が低く流れていた。


そのお客が来たのは、夜の7時過ぎだった。

もう、観光客やカップル客は帰っていった。漁港の関係者もいない。店はガランとしていた。

わたしと愛は、そろそろ片付けをしはじめていた。

するとドアが開き、一人の男が入ってきた。

「お店、まだやってる？」と訊いた。わたしは、うなずいた。

初めてのお客だった。50歳ぐらいに見える男だった。

背が高く体格がいい。よく陽《ひ》灼《や》けしている。髪は短く刈っている。ポロシャツの上に夏物のジャケットを着ている。
ゴルフのコーチとか、そんな感じだった。うちのお客としては珍しい。
彼はカウンター席にかけ、
「とりあえずビールもらおうかな」と言った。その目つきが鋭い。
わたしはうなずく。彼の前にビールとグラスを置いた。
「一郎、この店によく来るみたいだね」と彼が言った。
「一郎?」わたしは警戒して訊き直した。
「ああ、矢嶋《やじま》一郎。元野球選手の……」と相手。
「それをどこで?」わたしは、さらに警戒を強めた。

11　チャイルド・レスキュー

「漁港の連中に聞いたんだ。一郎がよくここに来るし、手伝いもしてるらしいと……」彼が言った。その顔を、愛がじっと見ている……。

「私の顔に何かついてるかな？」と彼。

「顔に〈怪しい〉って書いてある」愛がぼそっと言った。彼は苦笑い。

「確かに、そうかもしれないな……」と言った。ジャケットの内側から名刺を出して、こちらに差し出した。

〈神奈川新聞　スポーツ担当記者　倉田《くらた》雄介《ゆうすけ》〉となっている。

「神奈川新聞……」わたしはつぶやいた。

「ああ、スポーツ欄の記者をやっててね」と倉田。

「で、一郎の事を？」訊くと、倉田はうなずいた。ビールをひと口……。

「一郎が、またトレーニングをはじめたという噂が耳に入ってね。それが気になって葉山に来てみたんだ」

「へえ……一郎の噂が……」とわたし。「その噂はどこから？」と訊いた。

「まあ、野球の世界も広いようで狭いからね」と倉田。微笑し、

「で……どうなんだろう。一郎は、プロ野球にカムバックするつもりなのかな？」と訊いた。

「それは……わたしにはわからないわ」と答えた。ここは、はぐらかしておいた方がいいと感じていた。

「でも、なんで一郎の事をそんなに？」

と逆に訊いた。倉田は、またビールに口をつけた。

「野球担当の記者を長くやっているけれど、特に一郎の事が気になっててね」

「気になって？」

「というか……正確に言うと、一郎が野球選手だったときの、ある一件が忘れられなくてね……」

「ある一件？」とわたし。倉田を見た。

「まあ、それはいずれ……」と倉田。「また、ときどき寄らせてもらうよ」と言った。

ビール代を払って、店を出ていった。


「海果、サバ味噌《みそ》が焦げてる！」と愛。

「あちゃ！」とわたし。火にかけておいたサバの味噌煮が焦げついてしまっている。

わたしは、あわてて火を止めた。

ぼさっとしていた。さっき倉田が言った〈一郎が野球選手だったときの、ある一件〉が、頭から離れなかったのだ……。


慎からラインがきたのは、3日後だった。

〈この前もラインしたけど、ちょっと相談があるんで、明日《あした》あたり店に行ってい
い？〉と慎。

〈うーん、いまはどうかな。ファンがけっこう来てるよ〉と、わたしはラインを返した。

慎がこの前テレビに出てから、また彼のファンが、ちょくちょく店に来るようになっていた。

慎が東南アジアから帰国して、日本にいる事がわかった。もしかしたら、うちの店にも来るかもしれない。そんな期待をした女性客たちが、そこそこ来るようになっていた。

あれは、つい1週間前だ。

慎が出した写真集を持って、やってきた女性客たちがいた。

慎と遭遇できなかったのは残念がっていた。

けど、写真集の表紙になっているわたしや愛と記念写真を撮りたいという。

「えぇ……」とわたしは照れた。すると愛が耳元で、

「照れちゃダメだよ。店の宣伝、宣伝！」とささやいた。

結局、わたしや愛とのショットをスマートフォンで撮って、その女性客たちは帰っていった。

その翌日、〈#ツボ屋〉で、その写真はインスタにアップされていた。

〈そうか……。まあ、店の宣伝に役立ったなら嬉《うれ》しいけど〉と慎。

〈いま店に行くと、かえって騒ぎになりそうだな〉とラインがきた。

〈かもね。どこかゆっくり話ができるところを考えるわ〉とわたし。

「へえ、葉山にもこんな静かな海岸があったんだ……」

と慎。ウーロン茶のペットボトルに口をつけた。

葉山御用邸がある一色海岸と、長者ヶ崎《ちょうじやがさき》の間。大浜《おおはま》というあまり広くない砂浜だ。

ここは30メートルほど沖に出ると、海面の下に隠れた岩が点在している。

なので、貸しボート屋もない。

いまは夏休みのど真ん中。だけど、三組ほどの親子連れが、波打ち際で遊んでいるだけだ。

そんな砂浜に、わたしと慎は座っていた。

慎は、眩《まぶ》しい真夏の陽射しに目を細め、波打ち際を見ている。

一組の家族連れがいた。両親と、兄弟らしい小学生の男の子が二人……。

兄弟は、仲良さそうに波打ち際で遊んでいる。

その楽しそうな兄弟の光景を、慎は眼を細め眺めている。わたしは、ふと、

「お兄さんは？」と慎に訊《き》いた。

慎のお父さんは、衆議院選挙に出馬して当選した。けれど、選挙違反が発覚して、検挙された。

慎には、お兄さんが一人いる。東大を出て外務省に入ったばかりのお兄さん……。

「お父さんの件は、お兄さんにも影響を？」

わたしは訊いた。慎は、かすかにうなずいた。

「こんな事になったら、役人をやってるのは難しいらしい。先月、外務省を辞めたみたいだ」

「みたい？」

「……ああ、ラインを送っても読んでないみたいでさ……」

慎は、淡々とした口調で言った。何か吹っ切れているようでもあった。

「そっか……」わたしは、つぶやいた。

「で、相談って？」と慎を見た。


「コマーシャル？」わたしは訊き返した。慎が切り出したのは、何とテレビ・コマーシャルの話だった。

「〈CR基金〉って、聞いた事ないか？」と慎。

「なんとなく聞いたような……」わたしは、つぶやいた。

「〈CR〉は、チャイルド・レスキューの略なんだ」

「チャイルド・レスキュー？」

「そう、文字通り子供を救うって意味。貧困家庭の子供を救う基金で……」

「そっか……」

「こういう基金としては長い歴史があって、〈日本のユニセフ〉とも呼ばれてるらしい」

「へえ……」

「このところ、一人親の家庭がふえて、その子供たちが貧困に苦しむ現実がどんどんひどくなっているよね」と慎。わたしはうなずいた。

「で、それを何とかするために、経済的な支援を呼びかけるコマーシャルを流そうという事になったらしいんだ」

わたしは、うなずいた。

「で、その話が慎ちゃんに?」訊くとうなずいた。

「その基金の本部が、おれの写真集を見て、なんとか協力してくれないかと、うちの事務所を通じて頼んできたんだ」と慎。

「おれが撮る写真を使って、30秒のメッセージ・コマーシャルを作りたいという話で……」と言った。

「そっか……」

わたしはまたつぶやいた。慎が出した写真集のテーマは、〈一生懸命に生きる〉だ。

しかも、慎は人気俳優でもある。

そんな慎が作ったメッセージCMなら、かなり大きな注目を浴びるかもしれない。

「で、慎ちゃんは、それを引き受けたの?」

「もちろん、やる気になってる。おれが抱えてるテーマに重なるし、いまの世の中には必要な事だし……」と慎。

「でも、どんなコマーシャルをつくればいいのか、それがまだ具体的につかめないんだ」と言った。そして、軽くため息をついた。


わたしは、ふと顔を上げた。

近くの砂浜に、観光客らしい家族連れ……。両親、中学生ぐらいの男の子、小学生の女の子。

その女の子は、砂浜に落ちている小さな貝殻を拾い上げていた。かなり熱心に貝を拾っている。

それを見ていたわたしの頭の中で、何かがチカッと光った。

「ムール貝を採ってる女の子？」慎が訊き返した。

「そう、小学四年の子」とわたし。

小織の事を話しはじめた。耕平を通じた出会いから、ヨット・ハーバーで、いまも一緒にムール貝を採っていること。などなど、かなり詳しく話した。

慎は、無言で聞いている……。けれど、身を乗り出して、その話に惹《ひ》かれているのがわかった。

やがて、ひと通り話し終わった。

「その小織って、典型的な貧困家庭の子だと思う」わたしは言った。

「なるほど……」慎は、うなずいた。

「このメッセージCMには、ぴたりの子だし、ノートや鉛筆を買うために貝を採ってるって、すごく心に響くエピソードだな……」とつぶやいた。

「でも、その子、CMに出てくれるかな……。貧困家庭の子という立場で、テレビに出るわけだから……」と慎はつぶやいた。

「そっか……」とわたし。

わたしや愛が、懸命にサバを運んでる所が慎の写真集の表紙になった。それがこの前テレビに映ったときは、かなり恥ずかしかったのを思い出した。

「その子、小学四年生だろう？　何事にも敏感な年だよなあ」と慎。わたしはうなず

き、

「貧困家庭の子としてCMに出るのは嫌がるかもしれないわね……」

慎もうなずいた。

「その可能性が高いだろうなあ……」と慎。

「でも、とりあえず訊いてみてくれないか？」と言った。わたしは、またうなずいた。


その2日後。

夕方の4時。わたしたちと小織は、ヨット・ハーバーにいた。一緒にムール貝を採った後だった。愛は、ポリバケツに入っているムール貝を洗っている。

わたしと小織は、桟橋に並んで腰かけていた。

「わたしが、テレビCMに？」と小織。水中メガネを手にして訊き返した。

12　本当に大切なものは、金で買えない

わたしは、話しはじめた。

慎から聞いたテレビ・コマーシャルの事を、ゆっくりと話しはじめた。

小織は、かなり驚いた表情で聞いている……。

わたしは、ざっと内容を話した。

「で、貧困家庭の子供たちを救うために、そのテレビ・コマーシャルに出てくれないかっていう事なんだ」と言った。そして、

「でも、そういうコマーシャルに出るって、嫌じゃない？」と、確かめるように訊《き》いた。

小織は、無言。目の前の水面を見ている……。ハーバー内の海面には、小魚の群れがゆっくりと泳いでいる。

「そのコマーシャルに出る事は、自分は貧乏な子ですって大っぴらになるって事で、それって恥ずかしいよね……」とわたし。

「だから、この話は聞かなかったって事で、ぜんぜんいいよ」と小織に言った。

水面のすぐ下、小さな半透明のクラゲがゆったりと動いている。黙っていた小織が、クラゲを眺めたまま、

「それ、出てもいいかな……」ぽつりとつぶやいた。

「出てもいい？」

「うん……」と小声で言った。

「無理しなくてもいいのよ。同級生とかに見られたら、恥ずかしくない？」とわたし。

小織は、水面から視線を上げ、空を見上げた。紺に近いような青空に、白い夏雲が湧き上がっている。その雲を見つめ、

「わたし、貧乏だけど、恥ずかしいって思った事、一度もない……」と言った。

ドキリとした。

「恥ずかしいと思った事が一度もない……」と、わたしはつぶやいていた。

小織は、微《かす》かにうなずく。

「晩ご飯がカップラーメンだったり、トマトだけだったりして、お腹はすくけど……それって恥ずかしいってのとは違う……」と言った。

そばでムール貝を洗ってる愛が、小織の言葉を聞き、軽くうなずいている。

愛は、しゃがみ込み、ポリバケツの中にあるムール貝の殻をタワシでこすっている。

その愛に、

「あんたも、同じ?」

わたしが訊くと、愛は、タワシを使いながらうなずいた。

「海果と出会ったときだってさ、サンドイッチを買いたくても5円足りなかったじゃない」

「そうだった……。で、もしあのとき、わたしが5円貸さなかったら?」

「うーん、サンドイッチが買えなかったら、茹《ゆ》で卵《たまご》でも買ってすますかな……」

「晩ご飯が、茹で卵?」

訊くと、愛はムール貝を洗いながらうなずいた。

「そう簡単に餓死はしないよ」

「まあ、そうかもしれないけど……」思わずわたしは絶句していた。

「海果よりビンボー歴が長いからね」笑いながら、愛は言った。

確かに……。わたしがビンボーになったのは、1年4カ月前。高校を出た直後。

でも、愛は、小学五年からビンボー生活になった。

いま小学四年の小織は、ここ何年も、ずっとビンボー生活だったようだ。

サラッとした口調で話すけど、この子たちは、それぞれの短い人生を自分なりに戦ってきたのだろう。

それを思うと、わたしの胸はしめつけられた……。


頭上を二羽のカモメが飛び過ぎていった。

「たとえ晩ご飯がトマト一個でも、恥ずかしくなんかないよ」

と愛が口を開いた。タワシを手にして、

「よく、一部上場企業が不正やズルをして、社長や重役のおじさんがテレビで頭を下げるじゃない？　こっ恥《ぱ》ずかしいって、ああいう事じゃない？」

と言った。わたしは苦笑。

〈一部上場企業〉は、愛らしい背伸びした言葉遣いだ。けれど、それはわたしにもよくわかった。


不正やズルは恥ずかしい、か……。そんな言葉を胸の中でつぶやいていた。

「これって?」

という声が聞こえた。ヨット・オーナーの子供らしい男の子が、愛の前にあるポリバケツをのぞいている。

「これ何?」小学生らしいその子が、ムール貝を洗っている愛に訊いた。愛は、手を動かしながら、

「シジミ」とだけ言った。

「へえ、シジミ……」とその子。

愛は、わたしの方に舌を出してみせた。

そこに、男の子のお母さんらしい人がやってきた。ヨット・オーナーの奥さんなので、リゾートっぽいけど高級そうな服を着ている。そのお母さんも、愛の前にあるバケツを覗《のぞ》いた。

「これって?」と訊くお母さん。

「シジミだって」と男の子。

「へえ、シジミってこんなに大きいのね……」とお母さんがつぶやいた。

愛は、笑いをこらえた顔をして、相変わらずタワシを使っている。

「へえ……」と慎。

「CMに出てくれるんだ?」とグラスを手に言った。

夜の10時過ぎ。慎は、こっそりと店にやってきた。わたしのライン、〈ムール貝を採ってる小織が、CMに出てもいいって言ってるわ〉を読んで、やって来たのだ。

わたしは、とりあえずジン・トニックを出してあげた。そして、小織とのやり取りを詳しく話した。

慎は、無言で聞いている。聞き終わると、ジン・トニックをひと口。

「貧乏でも、恥ずかしくない、か……。すごいな……」とつぶやいた。

わたしは、愛が言った事も話した。

〈本当に恥ずかしいのは、ズルをやる大人〉

そんな事も慎に話した。当の愛は、もう寝ている。明日《あした》も、夜明けから魚を拾いに魚市場に行くから……。

慎は、二杯目のジン・トニックに口をつけた。

「愛ちゃんが言った恥ずかしい大人の一人が、うちの親父だな……」と苦笑してつぶやいた。

慎のお父さんは、出馬した衆議院選の選挙違反で検挙された。その違反も、かなり前から準備されていた疑いがあり、在宅起訴されたまま、いまも捜査が続いているようだ。

「有権者に金をばらまくって事は、人の心を金で買うって事で、それは完全にアウトだよな……」慎は、ほろ苦い口調で言った。

「選挙が接戦になるって分かってたから、そうなっちゃったんでしょう？」

とわたし。慎は、首を横に振った。

「いや、以前からあの人の口ぐせだった。世の中、金で買えないものはないって……」

と、つぶやいた。また、ジン・トニックをひと口。しばらく無言……。

「確かに金で買えるものは、いくらでもある。でも……本当に大切なものは、金では買えないんじゃないかな……」

とつぶやいた。わたしも、小さくうなずいた。深夜の店に、小野《おの》リサの曲が低く流れている。


「さて、これからちょっと大変だな……」と慎。

「大変？」

「ああ、その子がCMに出てくれるのはありがたいけど、それをどんなCMにするかだ」

「そっか……」

「貧困家庭の子供という設定の映像を出して支援を呼びかけるCMは、たくさんオンエアーされてるじゃないか。でも、なんか、イメージだけに頼ったのが多い……」と慎。

「かもね……」とわたし。

「そんな中で、リアリティーと説得力を持ったCMをつくるのは、かなり大変だ……」と慎。すでに、何か考えはじめたようだ。

その邪魔をしないように、わたしはホウボウのアクアパッツァを作りはじめた。慎の夜食のために……。相変わらず、小野リサのボサノバが流れている。


「へえ、そこで焼酎《しょうちゅう》を使うんだ……」と愛が言った。

「うん、生臭さとりにね」わたしは言った。

夕方の4時過ぎ。わたしは、マイワシの唐揚げを作っていた。

今朝の魚市場には、マイワシが山ほど上がっていた。けれど、マイワシも身が柔らかく、水揚げのとき傷ものになりやすい魚だ。

そんな傷もののマイワシが市場の隅に捨てられていた。わたしと愛は、それをポリバケツ一杯拾ってきた。

わたしは、そのマイワシをまず焼酎にひたした。表面の生臭さをとるためだ。

それを愛に説明しながら、焼酎から上げたマイワシを唐揚げにしていく。

香ばしい匂いが店に漂う……。

愛は、唐揚げにかけるレモンをぶつ切りにしている。

そのとき、ドアが開き、スポーツ記者の倉田が入ってきた。

「これはいいな」と倉田。マイワシの唐揚げをかじり、ビールを飲む。ひと息つくと、

「さっき、海岸道路をランニングしてる一郎を見かけたよ」と言った。

「やはり、彼はプロ野球への復帰を考えてる。そうじゃないか？」とわたしに訊《き》いた。

わたしは5秒ほど考える。

「その事を教えたら、そっちも教えてくれる？　この前言いかけた〈あの一件〉について……」と言った。

倉田は、2、3回ゆっくりとうなずいた。

「……じゃ、話すけど、一郎は確かにプロ野球へのカムバックを考えてるわ」とわたしは言った。

「やはりか……」と倉田。またゆっくりとうなずいた。

「で、〈あの一件〉は?」わたしは訊いた。倉田はうなずき、ビールをひと口。

「あれは、忘れもしない。一郎がプロ入りした、その春先のオープン戦だった……」

13　夢を見たいんだ

「知ってるように、甲子園で活躍した一郎は、ドラフト会議で指名されて、横浜の球団に入った」

と倉田。

「そして、春のオープン戦を迎えた」と言った。わたしは、うなずいた。

オープン戦は、リーグ戦が開幕する前のいわばリハーサル。けれど、選手や監督にとっては重要な試合だ。

野球好きだったお爺《じい》ちゃんに聞いて、それはわたしも知っていた。

特に新人選手にとっては、オープン戦は、自分の力をアピールするチャンスである事も……。

「そんなオープン戦の第2戦。一郎のチームは、本拠地の横浜スタジアムで試合をしていた」

　と倉田。

「2回表、相手チームの攻撃、四番バッターの打順になった」

　そこで、横浜のピッチャーのコントロールが乱れた。相手四番バッターに、ボールをぶつけてしまったという。

「デッドボール……」わたしは、つぶやいた。

「ああ、バッターの左ヒジにぶつけてしまったんだ」

　と倉田。もちろん、最近のバッターは身体を守るプロテクターをつけている。

「だから、バッターはそのまま一塁に歩いた。問題は、その試合の4回表だった」

「相手チームに二塁打を打たれ、ランナーは二塁。迎えるのはまた四番バッターというピンチになった。そこで、ピッチャー交代。一郎がマウンドに上がった」

　と倉田。

「いくらオープン戦でも、試合に負けたくはない。そこで、監督はコントロールがいい一郎で相手の四番バッターをおさえようとしたんだ」

　わたしは、うなずいた。

「キャッチャーは、当然、内角の球を要求した」と倉田。

「相手をびびらせるため……」わたしは、つぶやいた。

「ああ……。その四番バッターは、前の打席でヒジにデッドボールをくらってるからね」と倉田。

「そのイメージは、頭や体に残ってるはずだから」と言った。

「そこで、内角に投げれば、相手の腰が引ける？」とわたし。

「ああ、少なくともヒットは打たれないはずだ。キャッチャーは、そう考え内角ぎりぎりのコースを一郎に要求した」

と倉田。

「針の穴を通すと言われてる一郎のコントロールなら、相手の体には当たらないで、内角ぎりぎりに投げられるだろう」

「それで？」

「ところが、一郎はキャッチャーの指示に対して、首を横に振った」

「内角に投げる事に、ノーと言った？」とわたし。

「そうだな。相手の弱みをつく事にノーと言ったんだ」と倉田。「キャッチャーがマウンドまで行って一郎と言葉をかわしたが……」

「でも、一郎は、内角に投げなかった……」わたしは、つぶやいた。倉田がうなずいて、

「その通り。結局、投げなかった。外角低めに続けて三球投げた」

「で？」

「三球目をバッターが打った。鋭いゴロできわどかったが、二塁手がナイスキャッチをしてアウト」


店のオーディオからは、T《テイラー》・スウィフトのバラードが流れていた。

「その場面を近くで見て、私はショックを受けた」と倉田。

「相手の弱みをつかなかった一郎に？」と、それまで無言だった愛が口を開いた。倉田は、うなずいた。

「一郎のコントロールなら、内角のストライク・ゾーンぎりぎりに投げて、四番バッターを三振にとる事も可能だったはずだ。でも、それをしないで勝負した。その事にショックを受けたんだ」

と倉田。

「スポーツマンシップは大事だが、プロとして、ときには相手の弱点を突くしたたかさも必要だ。でも、一郎はそれを自分に許さなかったんだ」

と言った。わたしは、しばらく考え、

「……でも、それが一郎なんだと思う……」

とつぶやいた。隣りにいた愛が、メモ用紙に何か描いた。ハートのマーク、その中に〈一郎〉と描いた。

「コラ……」わたしは小声で言い、愛の頭を突ついた。


「結局、夢を見たいんだな……」と倉田がつぶやいた。

「スポーツの報道にかかわってる人間の多くが、夢を見たいんだと思う」

「スポーツの中の一瞬に？」とわたし。倉田は、うなずいた。

「ああ……。そして、あのオープン戦の一郎に、私は一瞬だが確かに夢を見た」

と言い、ビールのグラスに口をつけた。ふっと息を吐いた。

「高校を出たばかりの若さで、ゆずれない自分のルールを持ってる一郎という野球選手が、あのときから目を離せなくなってね……」

「それで、一郎のカムバックに注目を？」

わたしが訊《き》くと、倉田はうなずいた。

「彼の妹さんの事は本当に同情するよ。でも、彼にはその悲しみを乗り越えて、プロ野球の世界に戻ってきて欲しいんだ」と言った。

「それを期待してるのは、私だけじゃないよ。たくさんのファンや野球関係者たちも、待ってると思う」

つぶやくように、倉田は言った。オーディオからは、相変わらずT・スウィフトの曲が流れている。森戸海岸から、微《かす》かな波音が聞こえていた。

「え、ジーンズ？」と葛城が訊き返した。

娘の里香とのデート、その予定が決まったという。

行き先は、愛が言う〈海果の里〉。三浦《みうら》半島にあるレジャー施設だ。

花畑や遊園地がある。そして、なんといっても人気なのがカピバラ。カピバラが何匹か放し飼いにされていて、自由に触れ合う事が出来る。

なので、愛は勝手にそこを〈海果の里〉と呼んでいる。

今年の3月。わたしの誕生日。一郎とわたしはそこに遊びに行った。〈カピバラ女〉のわたしが、本物のカピバラと対面したのだ。

葛城は、来週、里香とそこへ遊びに行く事になったという。それを聞いた愛が、

「その格好で？」と言った。葛城は、いつもウールのオジサンっぽいズボンを穿《は》いている。

「遊園地に行くのに、そのズボンはないよ」と愛。「里香が嫌な顔するよ」と言った。

葛城は、困った表情。

「じゃ、どんな格好なら?」と訊いた。

「まあ、コットンのパンツかジーンズだね」と愛。そこで、

「え、ジーンズ?」と葛城が口を半開きにした。

「ジーンズ持ってないの?」と愛。葛城は無言……。その通りなのだろう。

わたしはうなずいた。一流の大学を出て信用金庫に入った。そんな彼には、ジーンズなど無縁のものだったのかもしれない。

「じゃ、買いに行こう」と愛「わたしがつき合ってあげるから」と言った。

「つき合ってくれる?」と葛城。愛は、うなずいた。

「そのかわり、借金の返済は半月後にしてね」と言った。葛城は、苦笑い。

「はいはい、わかったよ」


その翌日。さっそく葛城と愛は、ジーンズを買いに行った。

横須賀にあるファッション・ビルに行き、夕方になって帰ってきた。葛城は、紙袋を二つ持っている。

「ジーンズと、スニーカーも買ったんだ。愛ちゃんのすすめでね」

「へえ、着てみせてよ」わたしは言った。葛城は、店の奥に入っていく。5分ほどで出てきた。ゆったりとしたストレート・ジーンズに、ナイキのスニーカーを履いている。ちょっと照れた顔……。

「なんか、不思議な気分だよ」と言った。

「大丈夫、かなりいけてるよ」と愛。葛城を見た。そして、

「あ、ベルト、買ってくるの忘れちゃったね」と言った。半袖《はんそで》のポロシャツに、ジーンズ。男性のそのスタイルだと、確かにジーンズにベルトが欲しい。愛は、ちょっと考える……。

「あ、ベルト、あるかも」と言った。そして、

「お父さんが使ってたのが、たぶんあるよ。持ってきてあげる」と葛城に言った。


翌日の昼過ぎ。

「どうだった?」わたしは愛に訊いた。

愛はマンションに行き、帰ってきたところだった。葉山町内にある、こぢんまりしたマンション。かつて愛の一家が住んでいたマンションだ。

「お父さんのベルト、見つかった？」訊くとうなずいた。たしかに、少し使いこんだ革のベルトを持っている。

「お父さん、マンションに帰ってきてないみたい？」とわたし。

「ときどき、何かをとりに帰ってきてるみたいだった」

愛のお父さんは、IT関係の会社を横浜で起業した。けれど、仕事はうまくいっていないらしい。いま、かなりの借金をかかえているみたいだと愛は言っていた。

あるときからは、連絡がとれなくなっているようだ。

お父さんにラインを送ると、既読にはなるという。けれど、返信はこない……。

「金策に駆け回ってるのかもしれないね……」仕方ないという表情で、愛はつぶやいた。


「あ、サバティーニ」とわたしはつぶやいた。

猫のサバティーニは、いつも通り店の出窓にいる。外を眺めている。

そのサバティーニの様子がおかしい。前足を窓ガラスにつけ、半ば立ち上がっている。

わたしと愛は、窓の外を見た。

そこに、ノラ猫のジョーンズがいた。

ジョーンズは、この辺を縄張りにしている雄《おす》の茶トラだ。顔が横広がりで体が大きい。

このジョーンズがサバティーニの父親らしいとは、わかっていた。

あれは去年の秋だった。ジョーンズが、やはりノラの雌《めす》猫と一緒にいるのをよく見かけた。しばらくして、雌猫は三、四匹の仔猫《こねこ》を産んだ。

たまたまその仔猫の一匹が、母猫に置き去りにされていた。クリスマス・イヴの寒い日だったので、わたしと愛はその仔猫を拾った。

それが、サバティーニだ。

なので、うちのサバティーニの父親がジョーンズなのは、ほぼわかっている。

わたしたちは、窓から外を見た。ジョーンズは、何か魚をくわえている。20センチほどの海タナゴ。この辺では、どこでも釣れる魚だ。

誰かが釣ったのを、ジョーンズがすばやく横取りしてきたのかもしれない。

そのジョーンズは、出窓にいるサバティーニを一瞬見た。そして、くわえていた海タナゴを道端に置いた。

〈魚、持ってきたよ〉とでもいうように……。

サバティーニは、目を見開いてそれを見ている。

わたしたちがこの子を見つけたとき、すでに目は開いていた。という事は、その頃に父親のジョーンズを見ていた可能性がある。

いまも、身を乗り出してジョーンズを見ている。

けれど、ジョーンズは魚を道端に置くと、ゆっくりと歩き去っていった。

子供が無事でいるのを見届けて、そっと姿を消すような感じで……。

2、3分後、魚は別のノラ猫が来てくわえていった。
「もっと美味《おい》しいものをあげるからね」

わたしはサバティーニの背中に声をかけた。戸棚から〈チャオちゅ～る〉をとり出した。

ふと見れば、愛の様子がおかしい。窓の外を見たまま。かたまっている。

「どうしたの？」と声をかけた。

愛の肩が、小刻みに震えているのにわたしは気づいた。やがて、

「……猫だって、自分の子供の心配をするのに……」

と小声でつぶやいた。わたしは、息を吞《の》んだ……。

ジョーンズの姿を見て、愛は自分の父親の事を思ってしまったのだろう。自分を見放したらしい父親の事を……。わたしは、愛の肩に手を置いた。

「お父さん、きっと借金の返済に忙しいんだよ」と言った。

けれど、言葉がむなしい……。斜め後ろから見ても、愛の唇が震えているのがわかる。

やがて、ひと筋の涙が、その頬をつたいはじめた。

サバティーニは、まだ出窓の外をじっと見つめている。ジョーンズが歩き去った店の前の小道を見ている。まばゆい夏の陽だけが、小道に射している……。


慎からラインがきたのは、2日後。午後の3時だった。

〈大事な相談があるんだ。夕方に会えない?〉

14　たかが六行の言葉が、心を揺さぶる

小さな波が、砂浜を洗っている。

陽射しはかなり傾いている。砂浜にある流木が、長い影を引いている。

わたしと慎は、大浜の砂浜にいた。並んで座り、夕方の海と空を眺めていた。

「例のメッセージCMのストーリーを考えたんだけど……」

慎が口を開いた。

「へえ……」わたしは、つぶやいた。その事が相談だったらしい。

「君が教えてくれた、その小織ちゃんの姿を、ドキュメンタリーにするしかないと思った」

「ドキュメンタリー……」わたしは、つぶやいた。慎は、うなずく。

「その、ヨット・ハーバーでムール貝を採ってるってのが、すごく印象的だったんで、

それをモチーフにして考えたんだ」

と慎。たそがれの海風が、彼の前髪を揺らした。

慎は、砂浜に四角を描いた。それは、CM画像のフレームという事らしい……。

「使う写真は、二点。まず一点は、ヨットの写真」

「ヨット？」訊《き》くと、慎はうなずいた。

「大型のヨットに乗って海で遊んでいる家族。両親らしい大人と、できれば小学生ぐらいの子供がいいなあ……」と言った。

「で、もう一点は？」

「それは、小織ちゃんの写真。桟橋か防波堤に立って、ムール貝の入った袋を手にしている画像……」と慎。

「で……そこに入るメッセージなんだけど……」と言った。

スマートフォンを取り出した。その液晶画面を開く。

六行の言葉がそこにあった。

『両親とともに、
　海の上のヨットで、
　夏を過ごす子供がいる

　ノートや鉛筆を買うお金のために、
　　海の中で、
　　　貝をとる子供がいる』

それを読んだわたしの腕に、鳥肌が立った。

前の三行は、両親のヨットで遊んでる子……。そして、後の三行は、もちろん小織の事だ。

〈海の上のヨットで夏を過ごす〉

と、

〈お金のために、海の中で貝をとる〉

その対比が、鮮やかに、貧富の差を描き出している。

たかが六行の言葉が、心に突き刺さった……。

「これって……どこから発想して？」とわたし。

「君から聞いたヨット・ハーバーの様子、そのままさ」と慎。

「わたしが話した？」

「ああ……。水に浮かんでる豪華なヨットの上で、両親とクロワッサンのサンドイッチを食べてる子供もいる。そのかたわらで、ノートや鉛筆を買うため、海に潜って貝を採っている小織ちゃん。君に聞いたそんな光景だよ」

慎は言った。


はるか沖。ハーバーに帰っていくヨットの帆《セイル》がシルエットで動いていく。

「ただ貧困家庭の子供だけを写しても、見る人の心にどれだけ届くかわからない。でも、この日本には実際に金持ちもいる。ヨットで遊ぶような金持ちも……。貧富の差はまぎれもなくある」と慎。

「その対比をドキュメンタリーとして描く事で、見る人の心を揺さぶらないかと思って、これを考えたんだ」と言った。

わたしは、少し考えうなずいた。

「なんて言っていいかわからないほど、すごいと思う……」

「本当に？」

「本当よ。確かに貧困家庭の子供だけを描いたメッセージCMってよく見るけど、こんなの見た事ないわ」わたしは言った。慎は、ためていた息をはいた。

「よかった……」とつぶやいた。

「海果にそう言ってもらえて、ほっとした……」そうつぶやき、空を見上げた。

潮風に漂ってるカモメの白い翼が、夕陽を浴びて、グレープフルーツのような色に染まっている。

パシッ！

乾いた音が響いた。

葉山二中のグラウンドだ。今日は、野球部の夏練習。

そのために、部員の弁当を用意してくれないかと、武田《たけだ》に頼まれていた。

武田は、体育の教師。野球部の監督で、愛のクラスの担任でもある。

わたしと愛は、部員一二人分の弁当を作り持っていった。

そんなグラウンドのかたわら。一郎が投球の練習をしていた。キャッチャーをやっているのは、武田だ。

中学の野球部員では一郎の投球を受けられないので、武田がキャッチャーをやっている。

一郎の投球を武田が受けるたびに、パシッと乾いた音が響く。

その音も、このところ、しだいに鋭くなってきていた。

「へえ、ムール貝を採ってたあの子をCMに……」

と一郎。弁当を食べながら、言った。

わたしは、そのCMのストーリーを話した。一郎は、無言で聞いている。そして、

「いいストーリーだな」と言った。

「金持ちのヨット遊びと、海に潜って貝を採る事の対比に、すごいインパクトがある」と一郎。

「で、そのCMに出ると、あの子には出演料が出るのかな？」と訊いた。わたしは、うなずいた。

「もちろんよ」

慎によると、そこそこの出演料は出るらしい。その事を話すと一郎は、うなずき、

「それは良かった……」と言った。その横顔をわたしは見た。

「漁港でムール貝を採ろうとしてたときのあの子を、思い出すよ。よれよれの服で、素手でムール貝を採ってたんだ……」

一郎は、つぶやいた。そのときを思い出すような表情を浮かべている。

「あの子に、磯鉄《いそがね》をあげたの、一郎じゃない？」

わたしは、ふと訊いた。

小織がムール貝を採るのに使っていた磯鉄。あれは、普通の店では売っていない。漁具などを扱っている漁師用の専門店にしかないものだ。

あの小織が、そんな店を知っているとは思えなかった。

それを一郎に言うと、

「まあな」とそっけない返事が返ってきた。

「あの子、素手でムール貝を採ろうとしてて、手が傷だらけになってた。……で、うちの隅にあった磯鉄をやったんだ」

と一郎。ぼそりとつぶやいた。弁当に入っているマヒマヒのフライを、ガブリとかじった。


「一郎って、ああ見えて優しいんだね……」

わたしは、つぶやいた。愛と並んで店に帰ろうとしているところだった。

「何言ってるの、海果。いま頃気がついたの？」と愛。

「一郎って、照れ屋だけど、ほんとはすごく優しいんだよ」と愛。

「ほら、わたしの誕生日のときだってさ」と言った。

去年の9月。愛の誕生日に、一郎はTシャツをプレゼントしてくれた。ピンクの可愛いTシャツを……。

「あのときも、一郎ったら、〈お前、くたびれたTシャツ着てるなあ……ほら〉ってぶっきらぼうに言ってあれをくれたんだ」と愛。

「へえ……」わたしは、つぶやいた。

「カピバラな海果にはわからないだろうけど、一郎って、すごく思いやりがあるんだと思うよ」愛が言った。


わたしは、うなずいた。

そして、ふと思い起こしていた。

あのスポーツ記者の倉田が話してくれた一郎のエピソード。

前の打席でヒジにデッドボールをくらったバッターの、内角に投げなかった。そんなエピソードを思い出していた。

相手の弱みをつくような事をしない……。それは、一郎なりのスポーツマンシップであり、こだわりなのだろう。

と同時に、それは相手への思いやりなのかもしれない。

わたしは、ぼんやりとそんな事を思いながら、歩いていた。頭上では、トビが海風に漂っている……。


「え？　本物？」

と耕平。トマトを収穫してた手を止めて、慎を見た。

午後の3時過ぎ。わたし、愛、そして慎は、耕平の家に行った。

慎が、メッセージCMに出る小織に会ってみたいと言ったのだ。

わたしたちは、まず耕平の家に着いた。耕平は家から30メートルほどはなれた畑でトマトを収穫していた。

慎は、それまでかぶっていたキャップとサングラスをとった。その慎の顔を見た耕平は、

「え？　本物？」と思わず口にしたのだ。

15　そのまなざしが語るもの

慎は、微笑して耕平を見た。

「君が、トマト作りの名人だね。愛ちゃんから聞いてるよ」と言った。耕平は、さすがに照れた表情をしている。

「じゃ、小織ちゃんのところに行こう」わたしは言った。耕平が、うなずく。

「こっち」と言い歩き出した。

この辺は、山里ではない。普通の家が並んでいて、その間に耕平の家の農地がある。聞いていた通り、小織の家は二軒先だった。小さくささやかな日本家屋だった。低い木の塀に囲まれている。

小織は、縁側にいた。色落ちしたTシャツを着て、ノートに絵を描いていた。

ノートから顔を上げたその表情からして、わたしたちが来るのは知らなかったらしい。

「内海慎さんだよ」と耕平が小織に言った。慎は、

「初めまして」と微笑しながら小織に言った。

小織は、きょとんとした顔をしている……。耕平が、

「お前、知らないのか？　あの俳優の内海慎だよ。映画やテレビに出てる」と言った。

小織は、

「うちのテレビ、ずっと前から壊れてるから……」ぽつりと言った。

「……テレビ見てないんだ……」愛がつぶやいた。

小織は少し照れた表情でうなずいた。

その3秒後、慎が笑顔になったのに、わたしは気づいた。慎は、小織の隣りに腰かけた。

「じゃ、テレビを見るかわりに何してるの？」と訊《き》いた。

「学校の図書室で借りてきた本を読んだり、絵を描いたり……」

小織が、小声で言った。

慎は、うなずく。小織が描いている絵を見た。

彼女は、庭で咲いているノウゼンカズラの花を描いていた。ハワイの花のように鮮

やかなオレンジ色。湘南の夏を飾る花をスケッチしていた。

「上手《うま》いね……」とそれを見た慎。心からの言葉だと感じられた。

小織は、首を横に振る。

「ただ、描くのが好きなだけで……」とつぶやいた。

「ほかの絵も見せてくれる?」と慎が言った。小織は、ノートのページをゆっくりとめくってみせる。慎は、その絵、一枚一枚をじっと見ている。真剣な表情で……。

真夏の庭を、二匹のシオカラトンボがゆっくりと飛び過ぎていく……。


「ショック……」と慎がつぶやいた。

わたしと慎は、海岸通りを歩いていた。真名瀬《しんなせ》の港に沿った海岸通りだ。

愛はいま、ボーイフレンドである耕平のトマトの収穫を手伝っている。

わたしと慎は、ゆっくりと港に面した通りを歩いていた。

「テレビを見ていないあの子が、ショック?」

わたしは訊いた。慎は立ち止まった。

「それもそうだし、あの子の表情が……」とつぶやいた。

一艘《そう》の漁船が、ゆっくりと港に入ってくるのが見えている……。慎は、何か考えて

いる。5分ほど無言……。やがて、

「都会で暮らしている人のほとんどが、他人からどう見られるかを意識している、あるいは気にして生きているような気がする……」と慎。

「それに比べると、あの小織の表情とまなざしはショックだった。あの、真っ直ぐなまなざしが……」と慎。そこで言葉を切った。

　上手い言葉が見つからないのだろうか……。

　頭上では、三羽のカモメが風に漂っている。

「ＣＭに出るかどうかの話を海果としてたとき、あの子が言ったんだよね。たとえ貧乏してても、恥ずかしくはないって……」

　わたしは、うなずき、「そう……」と言った。

「彼女のあのまなざしを見てたら、わかったよ。あの子は、人からどう見られるかなんて、まるで気にしてないんだ……。ふと思ったら、それって、すごいなんてものじゃなくて……」

　慎は、またそこで言葉を呑《の》み込んだ。

　それから先の言葉は、口にする必要がない。

　あるいは、口にしてしまうと、胸の中の思いがこぼれ落ちてしまうのか……。

　海風が港を渡り、彼の前髪を揺らせた。慎は、その風を深呼吸。

「この葉山に来て、また一つ、貴重なものと出会ったみたいだなぁ……」

とつぶやいた。

夕方近い陽射しが、彼の端整な横顔を照らしている……。風が、少しひんやりしてきた。


慎からラインがきたのは、2日後だった。

〈例のメッセージCMだけど、全体の構成が決まったよ〉と慎。

〈どんな?〉と返信すると、CMの内容が送られてきた。

まず、『撮影&メッセージ・内海慎』という文字。

そして、一枚目の写真。海に浮かぶヨットの上にいる家族の画像。そこへ、慎の語りで、

『両親とともに、
海の上のヨットで、
夏を過ごす子供がいる』

そして、二枚目の写真。岸壁に立っている小織。ネットに入ったムール貝を持っている。

そこにまた慎の語りで、

『ノートや鉛筆を買うお金のために、
　海の中で、
　　貝をとる子供がいる』

が流れる。BGMは静かなピアノだという。

そしてラスト。

『たまたま恵まれない暮らしをしている子供たちに、ご支援をお願いします。

チャイルド・レスキュー基金』

の文字と電話番号。そんな構成だという。

〈すごくいい。最後の『たまたま恵まれない暮らしをしている』も……〉とわたしはラインを送った。

〈実は、それ、おれが提案したんだ〉と慎。

〈へえ……〉

〈だって、貧しい子だって、望んで貧乏な生活をしてるわけじゃない。たまたまそうなってしまった訳だから……〉と慎。

わたしは、うなずいた。それは、わたし自身の事でもあり、愛の事でもあった。

それを、すくい上げてくれた慎の言葉が胸に沁《し》みて、わたしはラインの文字をじっと見ていた……。

〈問題？〉わたしは、ラインで訊き返した。

〈問題ってほどじゃないんだけど、ヨットの撮影がね……〉

と慎。二枚目の小織の写真は、問題なく撮れるだろう。

〈けど、一枚目のヨットの撮影がどうしたものか……〉という。

実際に海に浮かんでいるヨット。その上にいる家族の姿を撮る必要がある。

〈でも、ヨットを持ってる知り合いはいないから……〉と慎。

そっか……。わたしは、つぶやいた。しばらく考え、

〈ちょっと待ってくれる？　もしかしたら、なんとかなるかも知れない〉とラインを送った。一郎が、いつか言っていた。よく魚を買いにくるヨット・オーナーがいると……。

〈ありがたい。ぜひ頼むよ〉と慎からのライン。

「ああ、仲がいいヨット・オーナーならいるぜ。よく魚を買いにくる人で……」

と一郎。ホースから出る水で、魚市場の床を流している。

午前9時過ぎ。


わたしは、慎に頼まれた撮影の件を一郎に話しはじめた。5分ほどで話し終わった。

「なるほど……」と一郎。

「そのヨット・オーナー、高梨《たかなし》さんていうんだけど、たまたま小学生の男の子がいるな」と言った。

「ビンゴ」とわたし。「ぜひ、訊《き》いてみてくれる？　撮影に協力してくれないかどうか」

「いいよ。じゃ、ハーバーに行こう」

「いま？」

「ああ、高梨さん、夏休みだから今日も来てるんじゃないかな？」と一郎。ホースから出てる水を止めた。

わたしたちは、ヨット・ハーバーに向かい歩きはじめた。魚市場からハーバーまでは、5、6分だ。

「愛は？」と一郎。

「ああ、小織と一緒にムール貝を採ってる」わたしは言った。

1時間以上前に、小織と愛はハーバーに行っている。

ハーバーには、明るい陽射しがあふれていた。いまは8月の中旬。いわゆるお盆なので、人も多い。

そんなハーバーの隅に、小織と愛がいた。

小織は、水着姿で磯鉄を手にしている。愛は、Tシャツにショートパンツ。その足元に、ムール貝の入ったポリバケツがある。

若い男が、そんな愛たちと向かい合っている。まだ20歳《はたち》ぐらいの男は、ハーバーの業務スタッフらしい。ハーバー名の入ったポロシャツを着ている。

近づいていくと、話し声が聞こえた。

「だから、ここはヨット・ハーバーなんだよ」とその男。

「そんなのわかってるわ」と愛が口をとがらせた。何か、言い争いになってるようだ。

「でも、なんでハーバーで貝を採っちゃいけないの？」と愛。両手を腰に当てて、

「そんな県条例でもあるの？　憲法で決まってるの？」と相手に言った。

「その……条例とかじゃなくて、いわば見苦しいって事で……」

と相手が言ったときだった。

「おう、坂上《さかがみ》。ずいぶん偉そうな事を言うようになったな」という声。

一郎だった。愛と言い争っていた相手が一郎を見て、

「矢嶋先輩……」と口を半開き……。

16　ボロ船でよかったら

〈矢嶋先輩……〉とつぶやいた坂上というスタッフは、じりっと一歩後退。

一郎は、わたしの耳元で、

「中学の野球部で後輩だったんだ……」とささやいた。確かに、一郎より少し年下に見える。

一郎は、坂上の方へ一歩せまる。

「このヨット・ハーバーに就職したって聞いてたけど、なかなかでかい口を叩《たた》いてるじゃないか」と言った。坂上は、完全にびびっている。

「そんな……」と小声で言った。

「いや、立派なもんだ。ハーバーで貝を採ってると見苦しいとか？　そいつは、ハーバー・マスターのご意見なのか？」

「……いえ、自分の判断で……」聞こえないほどの小声で坂上が言った。

「ほう、立派なもんだ。あれほど野球が下手だったお前がなあ……」と一郎。

「内野ゴロを下腹にぶつけて、小便ちびったやつとは思えない」と言った。そのとたん、坂上の顔が引き攣《つ》った。

「それは……」と坂上が絶句。

「違う？　おれの記憶違いか？　捕りそこなったボールをあそこにぶつけて、グラウンドでちびった二塁手は、お前さんじゃなかったっけ？」

　と一郎。坂上は、顔を引き攣らせたまま、

「その件だけは内緒に……」と言った。一郎は、腕組み。

「まあ、内緒にしてやってもいいが、新米のスタッフなら、でかい口は叩かない事だな」と言った。

「この子たちは、おれの妹分だ。そこのとこ、ちゃんと覚えておけ」と言った。坂上は直立不動で、

「は、はい！」と言った。そのときだった。

「一郎君」という声。ヨット・オーナーらしい中年の人が近づいてきた。

「ああ、高梨さん」と一郎。高梨というその人は、穏やかな表情で、

「一郎君、スタッフの坂上君と知り合いだったのか」と言った。

「ええ、葉山の中学で同じ野球部にいたんで……」

「ほう、そうなんだ……」

「ええ、ひさびさに会ったんで、懐かしい昔話をしてたところでね……」と一郎。わざとらしい笑顔で、坂上の肩を叩いた。

「あの……じゃ、自分はこれで……」と坂上。じりじりと後ずさりしていく……。逃げるように姿を消した。


「ちょうど良かった」と一郎が高梨という人に言った。

「おたくの坊や、小学生ですよね」

「ああ、いま五年生だけど」と高梨さん。振り向いた。

そこそこ大きなヨットが舫《もや》われている。デッキには、奥さんらしい人と男の子がいて、アイスクリームか何かを手にしている。


「なるほど……」と高梨さんが、つぶやいた。

慎が撮るメッセージCMの話をしたところだった。

その高梨さんは、穏やかな表情のまま話を聞いている。一郎が話し終わると、ゆっくりとうなずいた。

「うちの息子が通ってる公立小学校でも、ひとり親家庭で、経済的に楽じゃない子はかなりいるようだね」と高梨さん。しばらく考え、

「わかった。そのCMを作るのに協力させてもらうよ」と言った。


わたしは、店に戻ると、慎にラインを送った。ヨットの撮影ができそうだと……。

〈本当に？〉と慎。

〈本当よ〉とわたし。小学生の息子がいるヨットのオーナーが、快く引き受けくれた、それを伝えた。

〈よかった。じゃ、さっそくスケジュールを決めなきゃ〉と慎。

〈ところで、そのヨットはどの船から撮影すればいいのかな？〉と訊《き》いてきた。

〈大丈夫。撮影用の船も用意ができてるわ〉

と、わたしは返信した。一郎という漁師さんがいて、彼が船を出してくれると……。

それは、さっき一郎と話した事だった。

〈ああ、おれのボロ船でよかったら、撮影用に出してもいいぜ〉と一郎は気軽に言っ

てくれたのだった。

〈その一郎さんて、もしかしたら野球選手の？〉と慎からのライン。

〈え？　どうして知ってるの？〉とわたし。

〈あの向井《むかい》監督が野球ファンでさ、葉山の魚市場で彼を見かけたときに、そう言ってた〉

〈へえ……〉わたしは、つぶやいた。そして、思い出した。

去年、慎が主演した映画のロケをここ葉山でやっていた。

慎とわたしの出会いも、その時だったのだけど……。

そんなロケの最中のこと、監督の向井さんと慎が、魚市場をのぞいた事があった……。

〈向井監督が言ってた。彼は、『甲子園のイチロー』といわれたすごいピッチャーで、その後にプロ入りしたと……〉慎が返信してきた。

〈そうなんだけど、その後いろいろあってね〉とわたし。

〈また、詳しく話すわ〉と返信した。


「こりゃ、大変だ」ラインのやりとりを、横から首をのばして覗《のぞ》いていた愛が言った。

「何が大変なのよ」

「だって、一郎と慎ちゃんが直接に顔を合わせるわけでしょう?」と愛。

「そりゃ……」

「大変じゃない。海果をめぐる男同士の火花がバチバチ!」

「火花バチバチ?」とわたし。

「そう。一郎が慎ちゃんに言うんだ『海果をお前に渡すわけにはいかない』とか」

「へ?」

「すると慎ちゃんも言い返すの。『それは、こっちのセリフだ』とか……」と愛。

「それって、どこの話?」

「ラブコメ漫画。きのう読んだストーリーに、そういう場面があったよ」

わたしは、苦笑い。愛の頭を突つき、

「あんたねえ、漫画の読み過ぎだよ」

と言った。とはいえ、少しは気になった。一郎の船に乗り、慎が撮影をする。そのとき、気まずくなったりしないだろうか……。


「あれ?」と葛城。スマートフォンを手にしてつぶやいた。

土曜の夕方。うちの店。

今日も葛城は、店の手伝いにきてくれた。けど、午後2時を過ぎると、お客はいなくなった。

やはり、〈パスタ天国〉にお客をとられているようだ。

ふと見れば、葛城はスマートフォンを手に何かしている。

それが、うまくいかないようだ。何回もやり直しては、〈あれ？〉とかつぶやいている。それを見ていた愛が、

「どうしたの？　やってあげようか？」

と言った。愛は、お父さんがIT関係の仕事をしてるので、こういう事は得意だ。

「これなんだけど……」と葛城。スマートフォンに保存してある画像を、待ち受け画面にしたいという。

「どれどれ……」と愛。葛城のスマートフォンを手にした。

「あ、ツーショットじゃない」と言った。

わたしも、画像を見た。それは、葛城と娘の里香の写真だった。

つい3日ほど前、葛城たちは三浦半島にあるレジャー施設に遊びに行った。

そのときに撮ったらしい。花畑のようなところを背景に、二人が立っている。

葛城は、愛が選んだジーンズに半袖《はんそで》のポロシャツ。里香は、膝上《ひざうえ》のショートパンツ

にTシャツ。

　里香は中学生らしい笑顔。葛城は、ちょっと無理して作ったような笑顔を見せている。真夏の陽射しが二人に降りそそいでいる。

「これを待ち受け画面にね……」と愛。手際よくスマートフォンを操作する。あっという間に、

「はい、できた」


　ツンツンと愛がわたしの腕を突ついた。

　カウンターの中でアジのウロコをとっていたわたしは、手を止めた。愛を見た。

　愛が、視線を送ったその先を、わたしは見た。

　カウンター席の隅。葛城が席にかけて、何か見ている。スマートフォンをじっと見ていた。

　どうやら、待ち受け画面を見ている……。里香とのツーショット。それを、じっと見ているらしい。

　来春になれば、会う事も出来なくなるかもしれない……。

　そんな里香とのツーショットをじっと見ているようだ。

わたしは、愛にうなずいた。〈そっとしておこう〉と眼で言った。また出刃包丁でアジのウロコを落としはじめた。

店のミニコンポからは、〈Without You《ウィズアウト・ユー》〉が低く流れている。

一郎から連絡がきたのは、その夜10時だった。

「やばいぜ、台風」と一郎。

「台風？　また？」とわたし。

「ああ、フィリピンの沖で発生した熱帯低気圧がさらに強い台風になってこっちに来そうだ」と一郎。

「もし、海の上で撮影するなら、台風が来る前の方がいいな」と言った。

「台風は、あと何日ぐらいで来そう？」

「米軍の衛星による予報だと、4日後には海が荒れてくる。天気も崩れるな」と一郎。

「わかった。じゃ、わたしは慎に連絡する」

「ああ。おれはヨット・オーナーの高梨さんに電話するよ」

17　恋だって、最初が一番いい

「え……あんた、来るの？」

わたしは愛に訊《き》いた。

一郎から連絡がきた3日後。午前9時。わたしは撮影に行こうとしていた。すると、愛が身支度をしている。それで、〈あんた、来るの？〉と訊いた。一郎の船は、けして大きくはないからだ。けれど、

「行かないってあり得ない」と愛。

「こんな面白い状況ないし」と言った。

「状況？」

「だって、船の上で、一郎と慎ちゃんが取っ組み合いになるかもしれないじゃない。それを見逃すわけにはいかないもん」と愛は口をとがらせた。

「あんたねえ……」とわたしは苦笑い。

「まあ、いいや」と言った。愛は、まだ体が小さい。船の上で邪魔にはならないだろう。

「じゃ、行こう」


「おう」と一郎。岸壁で振り向いた。

船は、岸壁に舫《もや》ってあり、すでにエンジンがかかっている。

わたしは、腕時計を見た。9時25分。そろそろ慎がくる……。

そう思ったら、岸壁を歩いてくる慎の姿が見えた。肩にカメラが入っているらしいバッグをかけている。わたしを見て片手をあげた。

慎が近づいてきた。

「はじめまして、内海です」と、礼儀正しく一郎に言った。

「おはようさん」と一郎が白い歯を見せた。

「いろいろと、手配をありがとうございます」と慎。

「なんの。お安いご用さ」と一郎。「それはそうと、船を出す前に一つだけ、頼んでいい？」と慎に言った。

愛が、興味津々《きょうみしんしん》の表情で二人を交互に見ている。

「頼み?」と慎。

「ああ、うちの漁協でバイトしてる女の子が、あんたの大ファンなんだって。だもんで、これにサインしてくれって」

と言って出したのは、白いゴム長とサインペンだった。慎は、笑い出した。そして、

「了解」とサインペンを手にした。

「いろんなものにサインしたけど、ゴム長は初めてだな」と言いながら、サラサラとサインをした。「ありがとさん」と一郎。

どうやら、愛が期待したような展開にはならないようだ……。


「なんて呼べばいいのかな?」慎が一郎に訊いた。皆が船に乗り込んだところだった。

「船頭《せんどう》でいいよ」と一郎。舫いロープをほどきながら言った。

「それは、あんまり……。せめて船長とか……」と慎。

「お、それ、カッコいいね」と一郎が笑顔を見せた。

「じゃ、今日は船長ってことで」と笑いながら、船の舫いをといた。

「高梨さんのヨットは、もうハーバーを出てるらしい」と一郎は言い、船のギアを入れた。ゆっくりと港を出ていく……。

「あれだな」と一郎。いく手の海を指さした。
葉山の沖、500メートルほど。一艇のヨットがゆっくりとクルージングしていた。
まばゆい夏の陽射しが、パチパチと海面にはじけている。
まだ、台風の影響は出ていない。海は穏やかで、風も弱い。
ヨットから100メートルぐらいまで近づいたとき、一郎が無線のマイクを手にした。
「高梨さん、とれる?」と発信した。
「おお、一郎君、とれてるよ」という声が無線機から響いた。
やがて、ヨットとこちらの船は20メートルほどの間隔で並走《へいそう》しはじめた。
といっても、風が弱いので、人が早足で歩くほどのスピードだ。
慎は、すでにカメラを手にしている。一郎が慎に振り向き、
「どうかな?」と訊いた。
「これだと逆光なんで、ヨットの向こう側に行ければ……」と慎。
「了解」と一郎。船の舵《かじ》を切る。ヨットの後ろを回り込んで、逆側に出た。
また、20メートルほどの距離をおき並走しはじめた。

ヨットの舵を握っているのは、高梨さん。奥さんと息子は、デッキでくつろいでいる。

ひたすら優雅な家族のクルージング・シーンだ。

慎が、カメラのシャッターを切りはじめた。


「あれ、どうしたのかな？」

一郎がつぶやいた。

慎の撮影は終わった。高梨さんのヨットも、こちらの船も帰港しようとしていた。

そこで、風が全くなくなってしまい、ヨットは帆《セイル》では走らなくなった。

「仕方ないから機《き》走《そう》するよ」と高梨さんから無線がきた。

この大きさのヨットには、小型のディーゼルエンジンが載っていて、船底にプロペラがある。

そのプロペラを回して走るのを機走という。

すぐにヨットのエンジンがかかり、プロペラを回し、ゆっくりと走りはじめた。

けれど、1分後、ヨットは止まってしまった。

「どうしたの？」と一郎が無線を飛ばした。

「わからないが、ペラが止まってしまった。エンジントラブルかなあ……」と高梨さん。

「一郎君、ちょっと見てくれないか？」と無線がきた。

「了解」と一郎。船をゆっくりとヨットに近づけていく……。

やがて、二艘《そう》は接舷《せつげん》した。

一郎が、身軽にヨットに飛び移った。


「エンジンは故障してないよ」と一郎。ヨットのエンジンルームを覗《のぞ》いて言った。

「それじゃ？」と高梨さん。

「ペラにロープがからんでるな」と一郎。

海面に浮いているロープなどがプロペラにからむ事は多い。

一郎は、ナイフを持ちヨットの船べりから海に入った。30秒ほど潜っていると、海面に顔を出した。手にかなり太いロープを握っている。

「やはり、こいつがペラにからんでた」と、こともなげに言った。手にしたロープをヨットの上に放り投げた。

「ハーバー事務所、とれるか？」と一郎が無線を飛ばした。

「はい！　ハーバー事務所です」と相手の声が無線機から響いた。その声はあの元野球部の坂上だ。

「おお、二塁手か」と一郎。

「あ、ああ、一郎さん……」と坂上。その声がすでにビビっている。

「これから入港して、ゲスト・バースにつけさせてもらうぜ」

一郎が言った。ゲスト・バースとは、よそからハーバーに来た船が、一時的に係留するための桟橋だ。

「あ……どうぞ」と坂上の弱々しい声。船は、ハーバーの入口に近づいていく。

「どう、大漁？」と愛が小織に訊《き》いた。

小織は、朝からハーバーの中でムール貝を採っていた。

明日《あした》から、台風の影響が出そうなので、今日のうちに全部の撮影を終える予定にしてあった。

「まあまあ」と小織。

彼女が持っているネットには、かなりの数のムール貝が入っていた。

「ただ、カメラを見てくれればいいよ」

と慎が小織に言った。

ハーバーの片隅の防波堤で、撮影をはじめたところだった。

小織は、さっきまで潜ってムール貝を採っていたようだ。

かなりくたびれたTシャツ、そして着古したショートパンツ。その下には、潜るための水着を着ているようだ。Tシャツが少し濡《ぬ》れている。髪も濡れている。

そんな小織は、たくさんのムール貝が入っているネットをぶら下げている。

陽灼《ひや》けした顔や腕に、少し傾いた午後の陽射しが光っている。

見ようによっては、ただ貧乏っぽい少女の姿……。けれど、その姿はまぎれもなく何かを語っている。慎が欲しい画像が、これなのだろう。

「そのまま、カメラを見てくれる？」

と慎が優しく言った。小織は、少し緊張した表情で、カメラを見た。

慎が、ためらわずシャッターを切った。

1回、2回、3回……。そして、

「オーケー」と言った。

「三枚で終わり?」と見物していた愛。慎が撮った画像をチェックしながら、うなずいた。

わたしも驚くほど、あっけなかった。

「何枚撮っても同じだよ。たいてい、最初が一番いいんだ」

と慎がつぶやいた。

確かに、慎はあまり何回もシャッターを切らない。それを、わたしは思い出していた。

それを言うと、慎は微笑してうなずく。

「最初が一番いい……それは恋とも似てるかな?」とつぶやいた。

〈最初が一番いい……〉そのひと言に、わたしは、ドキリとした。

きわどい意味ではなく……。最初の恋が一番いい。そういう意味なんだろう……。

「とにかく、三枚も撮れば充分さ」と慎。

そばで撮影を見ていた一郎が、笑顔で、

「三球あれば三振をとれるし……」と言った。

「これ、ムール貝じゃない?」という声が聞こえた。

撮影が終わり、慎がカメラを片づけているところだった。ヨット・オーナーらしい初老の人が、小織の持っているネットの中のムール貝を見ている。

そばにいた愛が、

「そう、採れたてだよ」と言った。

「これ、売ってくれるのかな?」とその人。愛が、〈売っちゃっていい?〉という表情でわたしを見た。

わたしは、うなずいた。台風の影響で、明日から天気が崩れるという。そうなると、店にお客はこない。わたしは、〈売っていいよ〉と愛にうなずいてみせた。

「うん、直売、オーケーよ」と愛がその人に言った。

「そうか……。で、いくら?」と彼。愛は腕組み……。

「一個100円。なんせ、新鮮だからね」と愛。

「100円か……。じゃ、二〇個ほどもらおうか」とその人。ポケットからお金を出す……。ネットに入っているムール貝の半分ぐらいが売れた。

「はい、臨時収入」と愛。2千円を小織に渡した。

小織は、かなり驚いた表情。

「一個100円は、ふっかけたね」わたしは、苦笑して愛に言った。

「お金持ちからは、たくさんもらう。資本主義の原則だよ」と愛が言った。

「どうしたの？」

わたしは慎に声をかけた。

夕方の5時。うちの店に帰ってきたところだった。慎がじっと何か考えごとをしているようだ……。

18　タコもイカも、それぞれにカッコいいから

撮影を終え、店に戻ってきたところだった。

台風接近にそなえ、一郎は港に行った。船をがっちり舫《もや》う必要があるからだ。

愛と小織は、いま一緒にシャワーを浴びている。

店にいるのは、わたしと慎だ。慎は、ラム・コークを飲みはじめていた。その表情が、やけに静かだ。何か、考えているように……。

「どうしたの？」とわたしは声をかけた。

慎は、30秒ほど無言。ラム・コークをゆっくりと飲んだ。

「圧倒されたんだ……」とつぶやいた。

「圧倒？　誰に？」とわたし。

「もしかして、一郎に？」と訊いた。慎は無言のまま、グラスを手にしている。

という事は、当たりらしい。

やがて、慎は話しはじめた。

海の上での撮影が終わったあと。高梨さんのヨットがトラブルで動かなくなった。

そこで、一郎がヨットに飛び移った。エンジントラブルではないと、すぐさま判断。

プロペラにロープがからんだと迷わず言い、海に入り、からんだロープを切った。

その一連の出来事に、慎は圧倒されたという。

「だって、一郎は子供の頃から船に乗ってたからで……」とわたし。

「それはそうだとしても、あれだけの事を平然とやって、しかも自慢する気配も一切なくて……」と慎。

わたしは、微《かす》かにうなずいた。

慎の心の中にある思いには、すでに気づいていた。

それは、簡単に言えば、行動する事への憧憬《どうけい》だろう。

体を使い、腕を使い、仕事をしている人たちを尊敬《リスペクト》する思い……。

それが、慎の心にはある。

だから、元官僚の父親が選挙に出るとなった事に嫌気《いやけ》がさし、日本を飛び出してタイやヴェトナムを旅したのだ。

その旅の中で、体を使い懸命に働いている人たちと出会い、慎の思いはさらに強くなったようだ……。

「でも……」わたしは、冷えた麦茶を手に口を開いた。

「さっき、小織にカメラを向けてた慎ちゃん、すごくかっこよかった……」とつぶやいた。そして、

「なんか、男としての存在感があった……」と言った。その時だった。

「そうだよ」という声。振り向けば、濡《ぬ》れた髪にタオルを巻いた愛がいた。

「海果が言った通りだよ」と愛。シャワーを浴び終えて、いまの話を聞いていたらしい。

「写真を撮ってるときの慎ちゃんって、すごくカッコいいよ」と愛は言った。

「確かに一郎もカッコいいけど、慎ちゃんもカッコいいよ」と愛。

「カッコよさの種類が違うだけだよ」

「……種類が違う？」と慎。

「そう。たとえば、タコもイカも美味《おい》しいけど、どっちが上なんてないじゃない。タコはタコの味で、イカはイカの味でさ」と愛。

「一郎には一郎のカッコよさ、慎ちゃんには慎ちゃんのカッコよさ。そういう事かも

……」と言った。慎は苦笑い。

わたしは、軽くうなずいていた。愛は、しょっちゅうトンチンカンな事を言う。けれど、ときどき感心するような事も言う……。

「お疲れさま」わたしは、シャワーから出てきた小織に言った。

「お腹すいてない？」と訊《き》いた。

「ちょっと……」と小織。でも、ちょっとではないはずだ。

「なんか作ってあげるわよ。何がいい？」訊くと、小織は考えている。しばらく考えていて、遠慮がちに、

「あの……オムライス……」と言った。

「オムライスか……」わたしは、つぶやいた。とりあえず、いまうちのメニューにはない。

「もしかして、それって何か思い出があるとか？」

と訊いた。小織はまた遠慮がちに、

「小学校二年の時、お母さんとレストランに行って……」

「その時に、オムライスを食べたの？」小織はうなずいた。

「……外食、できたんだ……」わたしは思わず訊いてしまった。小織は、またうなずく。

「その頃、お母さんは看護師をしてて……」

「へえ、そうなんだ……」

「でも、夜勤をたくさんしたりして、体をこわしちゃって……」と小織。その声が、小さくなり、

「で……それからは、パートでしか働けなくなって……」

とつぶやいた。その結果が、いまの苦しい生活という事らしい。母子家庭なので無理をして働き、体調を崩して……。

いまの時代、ありがちな事なのだろう……。

「じゃ、そのとき食べたオムライスが、お母さんとした最後の外食？」訊くと、小織は小さくうなずいた。わたしは、軽くため息……。


さて、オムライス……。

わたしは、つぶやいた。普通のオムライスは、言うまでもなくチキンライスだ。

けど、以前、誰かのリクエストでシーフードのオムライスを作った事がある。

それを、思い出した。わたしは、冷蔵庫をのぞく……。

魚市場で拾ってきたヤリイカ。そして、一郎から格安で売ってもらったタコ。さらに、小織が採ってきたムール貝……。なんとか出来そうだ。

タコ、イカ、ムール貝、そして玉ネギを刻む……。

フライパンでバターを溶かす。そこに刻んだシーフード類と玉ネギを入れ、火を通す。

すでにいい匂いが漂ってきた。

その間に、湯むきしてあった耕平のトマトをぐちゃぐちゃに潰《つぶ》す。

フライパンのシーフードに、ご飯と潰したトマトを入れ、木のヘラで全体をミックスしながら炒《いた》める。

最後に塩とコショウを少し振り味を整える。

早い話、トマト味のシーフード・ピラフだ。そして、考えてみれば、魚介類もトマトもすべて葉山の自然がくれたものだ。

あとは、普通のオムライスと同じ。柔らかく焼いた卵焼きで、それを包む。

「はい、出来上がり」

わたしは、お皿に盛ったシーフード・オムライスを小織の前に置いた。

「どうしたの？」

わたしは、小織に訊いた。

小織は、スプーンでオムライスを食べはじめていた。三分の一ぐらい食べたところで、手が止まった。

「美味しくない？」わたしは、訊いた。すると、小織は首を左右に振った。聞こえないような声で、

「美味しい……」とつぶやいた。その肩が震えはじめたのに、わたしは気づいた。

その震えがしだいに大きくなる……。

やがて、小織はスプーンを手にしたまま、体を震わせ泣きはじめた。

過ごしてきた日々の、さまざまな出来事と想いが、胸からあふれたのだろうか……。

これまで唇を嚙んでこらえてきた涙が、あふれ出したのだろうか……。

彼女は、うつむき、泣き続けている。

わたしは何か声をかけようとした。けれど、かける言葉が見つからない……。

小織のスプーンを持った手が震えている。頰をつたった涙が、お皿の手前のテーブルにポタポタと落ちている……。

誰も口を開かなかった。

森戸海岸からの波音が聞こえていた。すでに台風の影響が出はじめたのか、少し大きくなった波音が聞こえている。店のミニコンポからは、〈Yesterday《イエスタディ》〉がゆったりと流れていた。


「うひゃ、またすごいね」と愛。テレビを見ながら言った。

翌日の昼頃。テレビでは、台風接近のニュースをやっていた。

台風は、いま紀伊《きい》半島の南を北上中。

瞬間最大風速は、60メートル近いという。

葉山でも、そこそこ風が吹きはじめている。そんな町中に観光客の姿はない。もうランチタイムだけど、店にもお客はこないだろう。そのとき、

「あれ、食べたい」愛が、ぽつりと言った。

「あれって?」

「シーフードのオムライス」と愛。そうか……。わたしは、うなずいた。

きのう、小織にオムライスを作ってあげたとき、湯むきしたトマトが残り少なかった。

小織と慎には、オムライスを作ってあげられた。けど、愛の分まで作れなかったのだ。

「いいよ、待ってて」わたしは言った。トマトの湯むきをはじめた。

「はい」と愛の前に作ったオムライスを置いた。そして、自分の分も作りはじめた。

フライパンで、刻んだシーフードを炒めはじめた。

スプーンを使って食べていた愛が、

「こりゃ美味《うま》い」と言った。

「あんたさ、女の子なんだから、〈美味い〉はないよ」とわたしは苦笑い……。

「そだね……美味《おい》しい」と愛は素直に言った。やがて、使っていたスプーンを止め、

「でも……これって、いいかも」と言った。その唇の端に、ご飯が一粒ついている。

「いいって？」

「メニューだよ。うちの新しいメニューになるかも」と愛。

「そっか……」

19　腕には、ロレックスが光っている

「なるほど……」

わたしは、つぶやいた。愛がスプーンを持ったまま、

「ほら、オムライスを売り物にしてる店ってけっこうあるし、テレビでもよくやってるよね」と言った。

「確かに……」

「でも、シーフードのオムライスって、たぶん世の中にないよ」と愛。

「だから、これってうちの売り物になるよ」と口をとがらせて言った。

そして、カウンターの中に入ってきた。

お皿の上には、わたしが自分のために作ったオムライスがある。愛は、冷蔵庫からケチャップを出した。そして、オムライスの上にケチャップで何か描きはじめた。

それは、お魚だった。魚の眼。そして胸ビレなどをケチャップでさらっと描いた。

「へえ……やるねえ……」わたしは、つぶやいた。

オムライスは、もともと横長で魚のような形ともいえる。なので、眼や胸ビレをさらりと描くと、可愛くなった。

「確かに、いけるかも……」わたしは、またつぶやいた。じっと、そのオムライスを眺めていた。


「スピードの遅い台風だな……」と葛城。テレビを見ながら言った。

夕方の5時半。仕事を終えた葛城が、店に来ていた。この前の事があるので、店に被害が出ないか気になったのだろう。

わたしや愛も、テレビの台風情報を眺めていた。

確かに、勢力は強いけど、スピードが遅い台風だった。

関東に接近するのは夜中過ぎになりそうだとテレビのアナウンサーが言っている。

まだ雨は弱いけれど、風はかなり強くなってきていた。

「まあ、一杯飲めば」わたしは言った。葛城にビールを出してあげた。

しばらくすると、店のドアが開いた。男が一人、顔をのぞかせ、

「やってる?」と訊《き》いた。

「そろそろ閉めようと思ってたところだけど」とわたし。

「酎《ちゅう》ハイの一杯ぐらいなら、どう?」と相手。わたしは、うなずいた。

男は、店に入ってきた。レインコートを脱ぎ、カウンター席についた。そのときだった。彼の顔をじっと見ていた愛が、

「あ、パスタ天国!」と言った。


確かに……。その男は、あのパスタ天国の店長だった。

愛が、わたしの耳元で「どうする、追い返す?」とささやいた。

わたしは、肩をすくめ、「まあ、いいよ」とつぶやいた。

商売敵《しょうばいがたき》ではある。だからといって、お金を払ってくれるお客なら、追い出す理由はないと思った。そこが、わたしの性格のゆるいところなのだけど……。

わたしは、酎ハイをつくりながら、

「お店は?」と訊いた。

「こんな天気なんで、さっき閉めたよ」と彼。パスタ天国の店を閉め、帰りぎわに一杯飲みに来たらしい。

そのときだった。カウンターの中でビールを飲んでいた葛城が、ふと彼を見て、

「もしかして、須田《すだ》じゃないか?」と言った。


　須田と呼ばれた店長は、さすがに驚いた表情。葛城をじっと見ている……。やがて、

「葛城か……」とつぶやいた。

「ああ……」と葛城はうなずき、

「髪が淋《さび》しくなったんで、わからなかったか……」と苦笑まじりに言った。そしてわたしたちに、

「横浜の大学で同じクラスだったんだ」と言った。須田は、うなずいた。

「大学を出て以来、顔を合わすのは初めてだから……18年ぶりか……」と言った。

　今度は、葛城がうなずいた。

「記憶違いじゃなけりゃ、葛城は、確か信用金庫に入ったんだよな」と須田。

「ああ……いまもそこにいるよ」と葛城。

「お前は、外食産業に就職したんだっけ」と言った。

「ああ……」須田はつぶやく。上着の内ポケットから名刺を出し葛城に渡した。葛城が手にした名刺を、わたしたちものぞき込む。

〈株式会社　田島フーズ〉とあり、
〈食材購買本部部長《しょくざいこうばいほんぶ》　須田和夫《すだかずお》〉と印刷されていた。会社の住所は東京の品川区《しながわ》だ。

「44歳で企業の部長か……」と葛城。「出世したらしいな」と言った。

「まあ、そこそこな……」と須田。余裕を見せた表情。

確かに、その腕には高級そうなロレックスが光っている。ネクタイピンも高そうなものだった。葛城がつけている安っぽいタイピンとはかなり違う。

「でも、本部の部長がなぜパスタ天国の店長やってるの？」と愛。

「ああ、新しい店をオープンすると、半年は本部からきた人間が店長をやるのさ」と須田は言った。

「新店舗が軌道に乗るまでか……」と葛城。

「まあ、そういう事だな」と須田。酎ハイに口をつける。自信にみちた口調だった。

しばらくは、酎ハイを飲みながら無難な話をしていたけれど、

「雨風が強くなってきたな……。それじゃ、またゆっくり」

須田は葛城に言い席を立った。ブランド物の長財布からお札を出す。わたしに飲み代を払い、レインコートをはおって出ていった。

「大学時代は、仲がよかったの?」わたしは、葛城に訊いた。

「ほどほどかな。よく、講義のノートを貸したものだけど……」

「ノートを……」

「ああ、須田は講義をさぼっては、経営のセミナーとかに通ってたみたいだ」

「へえ……」

「これからは、大学を出ただけじゃダメだ。さらに高い能力《スキル》が必要だと感じてたんだろうな」葛城は言った。

「でも……講義のノートを友達に借りておいて経営セミナーに行くなんて、なんか都合よすぎない?」

わたしは言った。すると、愛が腕組みをしてやたら大きくうなずき、

「でも、結局は、そういう人が出世の階段を登るんだ……」とつぶやいた。

それを聞いた葛城は、少しホロ苦く笑った。

「そうかもしれないね……」と言った。窓に当たる雨がさらに強くなってきていた。


「あんた、何してるの?」わたしは愛に声をかけた。

夜中の午後11時半。雨と風は、さらに強くなってきていた。わたしたちは、そろそ

ろ寝る準備をしていた。

するとと、愛が何かしている。いつも魚を拾うのに使っている小型のポリバケツ。その中に、タオルを敷いている。

「だって、台風でこの家が壊れるかもしれないじゃない?」と愛。

「そうなったとき、サバティーニを連れて避難しなきゃならないから」と言った。

「そっか……」

わたしは、うなずいた。うちがボロ家なのは事実なのだから……。

「避難、本気で考えておかなきゃね……」とつぶやいた。

万一のとき、小型犬や猫を入れて運ぶためのケースはいろいろあるらしい。災害や火事でサバティーニを連れて逃げなきゃならなくなったら……。

そう思ったわたしと愛は、そういうケースを見にお店に行った事がある。けど、それはみな高かった。わたしたちに買える値段ではなかった。わたしと愛は、あきらめて帰ってきたのだった。

そんな愛は、いまポリバケツの底にタオルを敷いている。

「これで、なんとかならないかなあ……」

とつぶやいた。そばでは、サバティーニが不思議そうな顔をしてポリバケツを眺めている。

「まあ、これでなんとかしなくちゃね」わたしは言った。

その夜、わたしたちはかなり緊張して寝た。

いつでも避難できるように……。

愛は、通学に着ているジャージの上下。わたしも、そのまま避難できるように、ジーンズスタイルでベッドで横になった……。風の音が、さらに強くなってきた。


浅い眠りから覚めたわたしは、目を開けた。

もう明け方の5時過ぎ。窓の外は、かすかに明るくなりはじめていた。

隣りでは、愛が寝ている。口を半開きにし、軽いイビキをかいて眠っている。

そのそばにあるポリバケツを見ると、そこには、サバティーニが入っていた。バケツの中で丸くなっている。どうやら、自分でそこに入ったらしい。

猫には、こういうところに入る習性がある。

それはそれとして、サバティーニには、一緒に避難するためにこのポリバケツを用意してくれた愛の思いやりが伝わったのではないか……。

わたしは、ふとそんな事を思っていた。

雨風の音はやんで、窓の外はかなり明るくなってきた。どうやら、台風は過ぎ去った。このボロ家は、なんとかもちこたえたようだ……。

スピー、スピーという愛の可愛いイビキが、かすかに聞こえている。

「え?」と愛。スマートフォンをじっと見ている。その表情が真剣だ。

「どうしたの?」

「耕平のビニールハウスが、大丈夫だったかなと思ってラインしたんだ。そしたら、台風でぶっ壊れたって」

「え!?」わたしは、朝の麦茶を飲もうしていた手を、思わず止めた。

「で、どんな事になってるの?」とわたし。

「三棟あるビニールハウスの一棟が、倒れたって」

「大変じゃない。行こう!」わたしは、店の鍵《かぎ》をつかんだ。

20　耕平、いつからヤンキーになったの？

自転車に二人乗り。思い切りペダルをこいで、耕平のところに行った。

ビニールハウスが並んでいるところに来て、

「こりゃ……」と愛が口をあけたまま……。

確かに、三棟あるビニールハウスの一つが無残に壊れている。パイプの骨組みごと、横倒しに潰《つぶ》れてしまっている。

そばには、耕平がいた。無表情で潰れたハウスを見ている。

「怪我はないの？」わたしは訊《き》いた。耕平は、

「ああ、大丈夫」と言った。けど、その額には傷があり、流れた血がすでに固まっていた。

倒れかけたハウスをなんとかしようとして軽い怪我をしたのかもしれない。

けれど、男の子なので痩《や》せ我慢をしているようだ。

「このハウスでは、何を作っていたの？」わたしは訊いた。

「キュウリ」とだけ耕平は言った。その口数の少なさが、落胆の大きさを感じさせた。

愛も、潰れたハウスをじっと見ている。

「これって、新しくするのに、いくらぐらいかかるの？」と訊いた。

耕平は、しばらく無言でいた。やがて、

「最低で15万ぐらいかな……」とつぶやいた。

「そっか……」と愛。

わたしも、うなずいた。潰れたハウスは、それほど大きくない。けれど、建て直すには、それぐらいの費用はかかるだろう……。

わたしたちは、かわす言葉もなく立ちつくしていた。

台風一過の青空。シオカラトンボが、風に漂っている。セロファンのような羽を光らせて……。


「15万か……」愛がつぶやいた。

わたしたちは、店に戻ろうとしていた。わたしは自転車を押し、愛が並んで歩いている。

「でも、トマトのハウスが無事でよかった……」と愛。二棟あるトマトのハウスに被害はなかった。中で熟しかけているトマトが見えていた。

「耕平のトマト、もう少しうちで買ってあげられるといいんだけどね」

わたしは言った。耕平のトマトは、すごく美味《おい》しい。けど、形がいびつだったりするので、スーパーなどでは売れない。

そこで、うちが買って食材として使っているのだけど、その量にも限界がある。わたしたちは、とぼとぼと店に向かって歩く……。


「その手があった……」と愛がつぶやいたのは、店に戻って30分ほどしたときだった。

「何？」とわたし。愛は、口をとがらせて、

「直売」と言った。

「直売？」

「ほら、小織の撮影をハーバーでしたじゃない。あのとき、ムール貝を買っていったおじさんがいたよね」と愛。

思い出した。あの日、小織が採ったムール貝。それを二〇個ほど買っていったヨッ

トのオーナーらしいおじさんがいたっけ。愛は、うなずき、

「耕平のトマトも、直売すればいいんだよ」と言った。

「どこで」

「とりあえず、うちの店で」


「耕平くんのトマト?」わたしは訊き返した。

「そう」と愛。「いま、生産者の名前や顔写真をつけた野菜や果物を売るのは、よくあるよ」

「そだね」わたしもつぶやいた。

「だから、耕平くんのトマト」と言った。

そして、店のすみにある耕平のトマトを手にとる。小さめのビニール袋にいれた。

とりあえず、トマトが五個入った。

「これにラベルをつければ完成だ」と愛。わたしは、うなずいた。確かに、その手はあるかも……。少しでも、耕平のトマトが売れてくれるなら……。

「どうしたの?」わたしは、愛にふり向いた。

キッチンでシーフード・オムライスを完成させようとしているところだった。

愛は、店のテーブル席で何かやっている。画用紙に向かい、何か描いている。

「何描いてるの？」

「耕平のトマトにつけるラベル。耕平の顔を描いてるんだ」と愛。

「どれどれ……」わたしは、キッチンから出る。愛が描いた絵をみた。

そして、思わず吹き出していた。


愛は漫画好きで、描く絵もマンガチック。なので、いま画用紙に描いてあるのも、ほとんど漫画のひとコマだ。

〈耕平くんのトマト〉と描き文字。

その下に描かれている男の子は、ラブコメ漫画の主人公だ。目が大きく、涼しげ。ほどよくウエーヴした髪が、顔にかかっている。そんな美形の男の子が、〈君に僕のトマトを食べて欲しいな……〉みたいな甘い表情でトマトを差し出している。わたしは、腹がよじれるほど笑い、

「これのどこが耕平なの」と言った。

「確かに、違うか……」と愛。むっつりとした表情。やがて、

「農業やってるんだから、もっと男っぽさが必要だよね」とつぶやいた。

20分後。

「できた」と愛。絵を描き終わったらしい。

「これでどう？」とわたしに見せにきた。

それを見たわたしは、食べていたオムライスの米粒を吹きだした。

画用紙に描かれているのは、ツッパリ漫画の登場人物だった。髪は、リーゼント。眉《まゆ》は細く吊《つ》り上がっている。鋭い目つきで、トマトを握っている。セリフをつけるとしたら、

〈おれのトマト、食わせてやるぜ〉だ……。

その絵に、わたしが吹き出した米粒が二、三粒ついてしまっている。

「きったないなあ、海果」と愛。

「ごめん、ごめん。でも、耕平、いつからヤンキーになったの」と言うと、愛は素直にうなずいた。

「そだよね……。これも違うよね」と肩を落としてつぶやいた。

「それ、あの子に頼んでみたら？」とわたし。

「あの子？」

「ほら、小織だよ」

「そうか、あの子、絵が上手《うま》いもんね」と愛が言った。わたしは、うなずいた。

愛が描くのは、ほとんど漫画。でも、小織が描くのはイラスト。かなり本格的だ。

「しかも、あの子、耕平の事をよく知ってるから、上手く描けるかもよ」わたしは言った。

「そだね。きっと、そうだ」と愛。


「あれ……」

わたしは、つぶやいた。耕平の家にやってきたところだった。

三棟あるビニールハウスの一棟は、まだ潰《つぶ》れたままだ。

その潰れたビニールハウスの中で、何かが動いている。

アルミのパイプごと潰れているビニールの中で、何かがもそもそと動いている。

わたしと愛は、目をこらしてそれを見ていた。やがて、潰れたハウスから這《は》い出してきたのは、小織だった。

その手でキュウリを何本かかかえている。

潰れたハウスの下敷きになっていたキュウリをつかみ出してきたらしい。

わたしと愛は、アルミのパイプを持ち上げ、小織がハウスから出てくるのを助けてあげた。彼女の手足も顔も泥だらけだ。

「あんた、大丈夫?……」わたしは訊《き》いた。小織は、うなずいた。

「ほっといたら、食べられるキュウリが腐っちゃうから……」そして、

「腐るために実をつけるキュウリなんていないのに……」

と言った。わたしと愛はうなずいた。潰れたハウスからキュウリを救出する手伝いはじめた……。


「え? 耕平の顔を?」と小織。

彼女が、泥だらけの顔や手足を洗ってきたところだった。

わたしと愛は、ハウスから取り出してきた三〇本ぐらいのキュウリを縁側で水洗いしていた。そうしながら、説明する。

耕平が作るトマトを直売するアイデアを小織に話した。彼女は、少し驚いた表情。

それでもうなずきながら聞いている。

「あんた、耕平の顔、描けるよね」と愛。小織は、

「まあ、たぶん……」と言った。

「ところで、耕平はいま？」わたしは訊いた。

「お父さんと病院に行ってる。お父さんの緑内障がまた進行してるみたいで……」と小織。

「そっか……」わたしはつぶやいた。緑内障の治療や手術には、かなりの費用がかかる。それは、わたしのお爺《じい》ちゃんのときに経験していた……。

「耕平のところも大変だね……」と愛。

「さっそく、トマトの直売はじめなきゃ」と言った。


「あれ？」わたしはつぶやいた。小織が、画材を出してきたところだ。

それは、これまでのような質素なものではない。ちゃんとしたスケッチブック。それに新品の色鉛筆だった。

21　海の上でイエローカード

以前、小織が使ってた色鉛筆は色数が少なかった。しかも、ひどくちびていた。けれど、いま手にしている色鉛筆は20色以上あって、高級そうなものだ。

「これ……」とわたし。

「あの……慎さんがくれたんだ……」と小織がつぶやいた。

「慎が？」とわたし。小織は、うなずく。そして説明しはじめた。

ハーバーで小織の撮影をした。それが終わったとき、慎がそっとビニール袋を小織に渡したという。そこに入っていたのが、スケッチブック三冊とこの色鉛筆だったという。

「へえ……」わたしと愛は、思わず顔を見合わせていた。

小織は、大事そうにそのスケッチブックを開いた。そして、シャープペンシルで、下書きをはじめた。あとは、まかせた方がよさそうだ。

「じゃ、耕平の顔、よろしくね」わたしは言った。

〈慎ちゃん、小織に色鉛筆なんかをプレゼントしたんだってね〉

店に戻ったわたしは、慎にラインをした。1時間ほどして、返信がきた。

〈ごめん、いま、東京のスタジオで、例のメッセージCMの編集をやってるんだ〉と慎。

〈あ、そうなんだ〉

〈いま、休憩だからOK。……そう、小織ちゃんにスケッチブックと色鉛筆をあげたよ。ばれちゃったか〉と慎。

〈慎ちゃん、優しいね〉

〈まあ……あの子がいなかったら、今回のCMはできなかったわけで……〉

〈そだね……〉

〈しかも、あの子には絵の才能があるような気がする〉

〈才能？〉

〈……うん、おれ写真撮るからなんとなくわかるんだけど……〉と慎。

わたしは、うなずいていた。

初めて慎が小織に会ったときの事だ。彼女の家の縁側。小織が描いた絵を、慎は真剣な表情で一枚一枚ていねいに見ていた。それを思い出していた。

〈あ、そろそろナレーション録りがはじまる〉と慎。

〈頑張って。いいCMが出来るの、期待してるわ〉とわたし。


「へえ、慎のやつ、あの子に色鉛筆やスケッチブックをやったのか……」

と一郎。船の舵《かじ》を握って、

「なかなかいいやつだな」とつぶやいた。そういう一郎も、小織にさりげなく磯鉄をあげてたのだけれど……。

わたしと一郎は、マヒマヒを釣りに葉山の沖に出ていた。

まもなく8月が終わる。わたしが卒業して、いまは愛が通っている葉山の中学校。その二学期がはじまる。

するとわたしたちはまた、学校で弁当の販売をはじめる予定になっている。

それは、体育の教師である武田に頼まれた事だ。

近頃、まともな弁当を持ってこられない生徒が多い。その結果、生徒たちの体力や持久力が落ちる一方だという。

〈なんとか、安くて栄養のある弁当を作ってくれないか〉

そう武田に頼まれて、弁当作りの計画をはじめたのが、ちょうど1年前の夏。

そして、去年の9月から、週に2回、学校で弁当の販売をはじめたのだ。

いま、学校からは、弁当一個につき100円の補助金が出る事になっていた。

それにしても、安くて栄養価がある弁当を作るのは楽じゃない。

とりあえずの食材は、海で調達する事にしていた。

初夏から10月初めまでは、マヒマヒ。南洋から、黒潮にのって日本沿岸にやってくる魚だ。

見栄えが悪いので、普通の日本人は手を出さない。けれど、美味《おい》しい白身魚だ。

ハワイでフィッシュ・バーガーに使われているのは、必ずこのマヒマヒだという。

そのマヒマヒの切り身をフライにしたものは、学校の弁当でも好評だ。食べ盛りの中学生は、フライが好きだから……。

「いい感じだな……」と一郎。あたりの海を見回してつぶやいた。

8月の末といっても、まだ陽射しは強い。しかも、海水温の変化は、気温の変化より1カ月遅れる。

だから、8月末のいまが、海水温が一番高いのだ。南洋の魚であるマヒマヒの活性は高いはずだ。

わたしと一郎は、ルアーを二本、船の後ろに流しはじめた。

葉山沖を5分ほど流していると、ヒット!

リールがかん高い音をあげ、30メートル後ろでマヒマヒがジャンプした。

魚体から散った水飛沫《みずしぶき》が、まばゆい陽射しに光った。

「こんなものかな」

と一郎。2時間で五匹のマヒマヒを釣り上げた。どれも80センチオーバー。大きいものは1メートルあるだろう。

当分の食材には困らない……。わたしたちは、釣りのタックルを片づけはじめた。

そのときだった。

「あの野郎……」と一郎がつぶやいた。

50メートルぐらい離れて、一艘《そう》の小船が動いている。

その船も、どうやら魚を獲《と》っている。いまも、船べりから魚を取り込んでいる。30センチぐらいしかない痩《や》せた魚に見える。

一郎が、無線のマイクをつかんだ。

「おい、ヨウケイ丸！　コウジとれるか？」と無線を飛ばした。

「おお、一郎か。なんだ」

「なんだじゃないよ。お前、またワカシ獲ってるな」

「ワカシじゃねえ、イナダだ」とコウジ。やつは、確か逗子・小坪漁港の漁師だ。

「嘘つけ」と一郎。

「嘘じゃねえよ。そんな文句を言うなら、話をつけようじゃないか」とコウジ。

「いいだろう。待ってろ」

一郎は、うなずいた。船のギアを〈前進《フォワード》〉に入れた。

ゆっくりとコウジの船に近づいていく……。そうしながら、わたしの耳元でささやいた。ある作戦を……。

「そんな……」とわたし。

「だって、船舶免許持ってるんだろう？」

「まあ……」

そうしてるうちに、コウジの船に近づいてきた。

あと5メートル……。

コウジは、がっしりした体格のやつだった。Hard Rock Cafe《ハード・ロック・カフェ》のTシャツを着ている。太い腕には、何かのイレズミが見える。

やつの船まで3メートル……。一郎は、船のギアを〈中立《ニユートラル》〉にした。

船は、そのままの惰性《だせい》で、コウジの船から1メートルまで近づく。

一郎は、船首を蹴《け》る。バネのきいた身のこなし。コウジの小船に飛び移った。

二人は、3秒ほど睨《にら》み合う……。

「お前が、イナダを獲ってるっていうんなら、証拠を見せろ」と一郎。

「ああ、そのクーラーにあるぜ」とコウジ。そこにある中型のクーラーを指した。

一郎は、かがみ込み、そのクーラーを開けた。それと同時に、わたしに目で合図をした。

わたしは、〈中立〉になっていた船のクラッチを〈前進〉に入れた。

舵を少し右に切る。

こちらの船は、コウジの船に向かってまたゆっくりと動きはじめた。

いきがった表情で突っ立っているコウジは、それに気づかない。

5秒後。こちらの船首が、コウジの船のわき腹にぶつかった。

ガンッという音。軽い衝撃。

コウジの小船は大きく揺れた。突っ立っていたコウジは、思い切りバランスを崩す。両手で宙をかき、船べりから海に落ちた。大きな飛沫が上がった。

クーラーのわきでかがみ込んでいた一郎は、平静な顔をしている。

これが一郎がわたしに指示した作戦だったのだ。

「何しやがる！」

とコウジ。まだ海の中だ。片手で船べりをつかんで、船上にいる一郎に叫んだ。

「何をしたか教えてやろうか。まだ小さなワカシをイナダと偽って商売してるお前さんに、イエローカードを出しただけさ」

と一郎。

「お前が、どう見てもワカシなのを、イナダだとごまかしてて、近くの逗子マリーナのリゾート客に売りまくってる。それは、おれの耳にも入ってるぜ」

と言った。小坪漁港のすぐそばには、高級リゾートの逗子マリーナがある。

一郎は、クーラーから魚を一匹つかみ出した。やはり、30センチぐらいの痩せたワカシだった。

「これのどこがイナダなんだよ、この馬鹿野郎」と船べりに両手でつかまっているコウジの目の前に突き出した。

コウジは、言い返せない。ただ、視線をそらしただけだった……。


わたしは、一郎に声をかけた。船の舵《かじ》を握っている一郎は、無言で前を見ている。

わたしたちは、港に戻ろうとしていた。5ノットぐらいのゆっくりとした速度で、進んでいた。

まだ、まばゆい陽射しがパチパチと海面にはじけている。一郎は目を細め、そんな海面を見つめて、船の舵を握っている。

「どうしたの?」

「何か、気になるの?」とわたし。

「まあな……」と一郎。

「さっきの事?」わたしが訊《き》くと、彼はゆっくりとうなずいた。

22　ぶさいくなトマト

「あのコウジのやってる事は、確かにダメさ」と一郎。

「ワカシを獲って売る事？」

「ああ……。10月になれば2キロオーバーのイナダになって、いい値で売れる」と一郎。

「それを、いま獲りまくったら、元も子もない。この前も言ったけど、自分で自分たちの首を絞めてるようなもんだ」と言った。わたしも、うなずいた。

「だけど、そんな事をやってる漁師は、コウジだけじゃない。もっと沢山いる」

「そうかも……」

「やつらがやってる事は、バカ丸出しだが……」

と一郎。そこで、ふと言葉を呑《の》み込んだ。いく手から、飛び魚が一匹、海面から離陸した。広げた胸ビレが陽射しをうけてきらめく。

「だが……どんな漁師だって、生きていかなきゃならない」と一郎。

「そのためには、現金が必要なんだ。今日の現金が……」とつぶやいた。

「確かに……」わたしもうなずいた。

お爺《じい》ちゃんが漁師だったので、それはよくわかる。

「しかも、年ごとに魚は獲れなくなってきてるしな……」と一郎。軽くため息をつき、

「どうしたものかな……」と小声でつぶやいた。いく手には、夏の終わりの海が広がっている。


「いいじゃん……」わたしは、思わず口に出した。

小織が、描いた絵を持ってきたのだ。

耕平が、うちにトマトを届けてくれる日だった。

耕平と一緒に、小織がやってきた。手にスケッチブックを持っている。広げたスケッチブックに、耕平らしい顔が描かれていた。

それは耕平の似顔絵というより、健康的な少年の顔を描いたものだ。

陽灼《ひや》けした顔。短めの髪。白い歯。とびきり明るい笑顔を見せている。そのイラス

トからは、少し大げさに言えば、生命力のようなものが感じられた。

「これは、いけるよ」と愛。

「ここに、〈耕平くんのトマト〉って描けばラベルが出来るね」と言った。

当の耕平は、照れたような表情を浮かべている。

トマトを直売する、その話はもう彼にしてある。耕平本人も、オーケーしている。

「それじゃ、さっそく文字を書こうか」

と愛。自分でも、色鉛筆を出し描きはじめた。耕平がそれをのぞき込んでいる。

そのとき、店のドアが開き、ウエットスーツ姿の奈津子《なつこ》が入ってきた。

「おう、トマト少年」

と奈津子は耕平に声をかけた。そして、耕平とそのそばにいる愛の二人を見てニヤニヤしている。

同級生である愛と耕平が、どうやら惹《ひ》かれ合っている。それを奈津子も知っているのだ。

奈津子は、ウエットスーツを着たまま、タオルで濡《ぬ》れた髪を拭《ふ》きはじめた。

奈津子は、葉山のローカル娘。わたしと子供の頃からの同級生。いまは、ウインド・サーフィンのプロを目指している。

「ほう、トマトの直売か……」と奈津子。

「それはいいけど、いま、直売ブームだからなあ。誰々さんが作った野菜とか、あちこちで並んでるし……」と言った。

「確かに……」と愛がうなずいた。そして、

「そだね……。何か商品としての差別化が必要かも」とまた子供らしからぬ事を言った。


「こういうのは、どう？」

と奈津子。そばにある耕平のトマトの一個を手にとり、

「耕平くんの、ぶさいくなトマト」と言った。

5秒間の静寂。そしてわたしは、

「面白い……」とつぶやいた。

確かに、そうだ。スーパーに並んでいるトマトは、みんな大きさや形がきれいに整っている。まるで工業製品のように……。

けど、耕平のトマトはまるで違う。大きさも形もまちまちだ。いびつな物が多い。味はすごくいいのだけど……。

「そっか、いびつな形を逆手にとるのか……。インパクトがあっていいかも……」と

愛が言った。

奈津子はもともと口が悪い。あれは中学生の頃。何につけてもボサッとしているわたしに〈カピバラ〉というあだ名をつけたのは、奈津子だ。それはそれとして、

「ぶさいくなトマト、いいと思うけど、どう?」と愛が耕平に訊《き》いた。

「あ、ああ……。まかせるよ」と耕平。

30分後。

「出来た!」と愛。小織が描いた耕平の顔の上の方に、〈耕平くんの、ぶさいくなトマト〉とややマンガチックな文字で描き、色をつけた。

「じゃ、これをコンビニでカラーコピーだ」

と愛。店を出て行く。なぜか、追いかけるように耕平も一緒に出て行った。自分のトマトを売るためだからか……。

窓の外、肩を並べ、笑い合いながら歩いていく愛と耕平の二人……。それを見ていた奈津子が、

「ちぇっ、小さな恋のメロディかよ。羨《うらや》ましいぜ……」と言い、ビージーズの〈Melody Fair《メロディ・フエアー》〉を口笛で吹きはじめた。

「サーフ・ショップに被害？」

わたしは訊き返した。奈津子は、うなずく。

「ミスター熊井《くまい》のショップ、今回の台風で相当な被害が出たみたい」と言った。

熊井さんという元ウインド・サーファーがいて、いまは湘南で〈High Wind《ハイ・ウインド》〉というサーフ・ショップを経営している。もしかしたら、お母さんの知り合い……。

その熊井さんは、鎌倉の由比ヶ浜《ゆいがはま》と材木座《ざいもくざ》、それと逗子海岸で、三軒のウインド・サーフィンのショップをやっているという。

経営的には、うまくいってるようだ。

去年のこと、その人から、葛城の信用金庫に提案があったらしい。

うち、ツボ屋が借金の返済を出来ないなら、その人がうちの土地建物を買い取りたいと……。

うちは、海岸から20メートルの場所にあるので、ウインド・サーフィンの店にするには、うってつけなのだろう。

実際、わたしのお母さんは、十代から二十代、ウインド・サーフィンをやっていた。

「でも、今回の台風は勢力が強かったんで、ミスター熊井のショップはかなりの被害が出たみたいだね」と奈津子。

「かなりって、どのくらい？」

「聞いた話だと、由比ケ浜のショップは、屋根が吹き飛んで店は半壊」

「わあ……」

「逗子海岸のショップも大変みたいだ」と奈津子。「そこは、わたしがボードを預けてるショップのそばなんで、この目で見たよ」

「で、どんな？」

「預かってるボードを、立てて並べてあるんだけど、それがすべて将棋倒しになってた」

「将棋倒し……」わたしは、つぶやいた。

ウインド・サーフィンのボードは長くて大きい。電車にはもちろん乗らないし、車で運ぶにしても、かなり大変。

そこで、多くの人が海岸のショップにボードを預けている。

そのボードは、普通、ずらりと立てて並べてある。それが、将棋倒しに……。

「あれじゃ、かなりのボードが壊れたり傷がついたりで、その保証はかなり大変な額になるんじゃないかな……」と奈津子。

「だから、このツボ屋を買い取るとかって話は、どうなるんだろう……」と言った。

わたしは、またうなずいた。

都会の人は、よく海が好きだと言う。それはそれとして、たまに海に来るのと、海辺で暮らすのは大きく違う。

まして、海を生活の場にするのは、ときには厳しさとの戦いだったりする……。

わたしは、無言で麦茶を作りはじめた。


「ああ、熊井さんから信金に話はきてるよ」と葛城が言った。

今日も、彼は店の手伝いに来た。いま、エプロンを腰に巻いたところだった。

「話?」とわたし。

「そう。今回の台風で、店が被害をうけた。それで、このツボ屋を買い取る話は、一度ペンディングにしてくれないかという事だ」

「ペンディング……」とわたし。意味がよくわからない。

すると、5分前に戻ってきていた愛が、

「早い話、保留って事だよ」と言った。葛城が、うなずいた。

「ああ。撤回するわけじゃないが、いま少し時間が欲しいと言う事らしい」と葛城。

「まあ、被害の復旧や何かを終えてから、ここを買収する件についてはまた考えると、うちの信金に伝えてきたよ」と言った。

「って事は、ここを買い取る話をあきらめた訳じゃないんだ」と愛が腕組みして言った。

「ま……まあね……」と葛城。


「調理を？」わたしは、訊き返した。葛城が、うなずいた。

「よかったら、調理を教えて欲しいんだ。たとえば魚のさばき方から」

と葛城がわたしに言った。わたしと愛は、顔を見合わせた。

「そっか……。とうとう、信用金庫を解雇されたんだ」と愛。「じゃ、手に職をつけなきゃね」と言った。葛城は、苦笑い。

「まだ、信金は解雇されてないよ」

「……じゃ、どうして？」と愛。

「まあ……ちょっと訳があってね」と葛城。

23　焼酎《しょうちゅう》スパ

「ほら、この前、娘の里香と出かけたじゃないか」と葛城。

「一日デートね」と愛。

「ああ、そのとき里香に言われたんだ。お父さん、痩《や》せたんじゃないって……」

葛城は、もともと痩せ型だ。特に最近痩せたようには見えないけれど……。

「私もそう言ったんだけど、里香は心配そうな表情をしててね」

と葛城。わたしは、かすかにうなずいた。

葛城は、この春離婚して、それまで妻子と住んでいた家を出た。アパートで一人暮らしをはじめた。

中年男の一人暮らし……。

そのせいで、娘から見ると痩せたように感じられたのだろうか……。

「そこで、私は言ったんだ。最近じゃ、自分で料理をするんだ。そのうち、私が作った弁当を食べさせてやるよって」

「そっか……。で、料理をはじめようと思ったわけだ」と愛。

「まあ……」と葛城。わたしと愛は、うなずいた。

来年の春になれば、里香は中学を卒業する。そして、東京の音大附属高校に進学するかもしれない。そうなると、母親とともに東京に移り住む可能性が高いらしい。

そんな里香が、葉山に残していく父親の事を気にしても不思議ではない……。

「それなら、いい手があるよ」と愛。

「海果やわたしが作った弁当を、自分が作ったって言って里香に見せればいいじゃん」と言った。最近では、愛も魚をさばいたり、料理の手伝いをしている。

「まあ……そういう手もあると思うけど、ちょっと……」と葛城。

「ダメ？」と愛。

「なんか、インチキをしてるみたいで、すっきりしないなあ……」と葛城はつぶやいた。わたしを見て、

「まあ、そんな訳なんで、調理の手ほどきをしてくれないか」と言った。

わたしは、「いいけど」と答えながら、ふと思った。

この人は、つくづく真面目、あえて言えば不器用なんだなあと思っていた。

「オーケー。じゃ、アジのさばき方からはじめましょうか」と葛城に言った。

葛城はうなずいた。エプロンを締めなおした。そして、

「これは、くれぐれも里香には内緒にね」と愛に言った。

愛は、里香と同じ中学に通っていて、いま二年生だ。

愛の事だから、葛城に口止め料とか要求しないかなと思った。けど、さすがにそんなそぶりはない。

それどころか、やたら熱心にスマートフォンをいじっている。いまどきの中学生だから、いつもの事だ。それにしてもやたら熱心に、スマートフォンをいじっている……。


「え？　シーフード・オムライスだって」という若い女性の声が、店の外で聞こえた。

9月5日。昼過ぎだ。

先週から、店の外に愛が描いたポスターを貼ってある。ケチャップで魚を描いたオムライスのイラスト。そこに〈湘南名物！　シーフード・オムライス！〉と描いてある。

〈湘南名物って？〉とわたしが訊《き》くと、〈言ったもの勝ちだよ〉と愛はカラッとした

口調で答えた。

「美味《おい》しそうだね……」と外の声。すると、愛がドアを開け、

「美味しいですよ！」と言った。

もう二学期ははじまっているけれど、午前中の授業を終えた愛が、店を手伝っていた。

愛のセリフにつられた女性二人組は、店に入ってきた。


40分後。

「シーフードのオムライス、すごく美味しかったわ」と女性客。お金を払いながら言ってくれた。わたしがおつりを数えていると、

「これ、どうですか?」という愛の声。

カウンターの端に、〈耕平くんの、ぶさいくなトマト〉が四袋ほど置いてある。

「形はぶさいくだけど、すごく美味しいの」と愛。

女性客たちは、それを手にとってしばらく見ている。けれど、買ってはくれなかった。

愛は、軽くため息……。

「まあ、長期戦略が必要か……」とつぶやいた。


「耕平とデート？」

わたしは愛に訊き返した。愛は、ちょっと照れたような表情で、

「まあ、ただのお出かけだよ」と言った。

つぎの土曜日は、愛の誕生日だ。もうすぐ、この子も14歳になる。

その誕生日に、耕平と出かけるという。

「どこ行くの？」と訊くと「シーパラ」と答えた。

このあたりの子が〈シーパラ〉といえば、それは〈八景島《はっけいじま》シーパラダイス〉。葉山から電車で30分ぐらい。水族館と遊園地がある大きなレジャー施設だ。

「そっか……」わたしはうなずいた。

「それで、熱心に調べてたのね」と言った。このところ、愛がやたら熱心にスマートフォンをいじっていた。それは、デートの行き先を決めるためだったらしい。

「横須賀の映画館とかでもよかったんだけどさ」と愛。さりげなさを装った口調で言った。

「でも、暗い映画館で、急に手を握られたりしたら困るじゃない？」

と愛。その頬が少し赤い。わたしは、ちょっと苦笑い。すでに、いろいろ妄想しているらしい……。


それは、午後7時過ぎだった。

晩ご飯を終えたわたしは、キッチンでその片づけをしていた。愛は、明日《あした》のデートにそなえてお風呂《ふろ》に入っているようだ。

そのとき、何か、かなり大きな音がした。お風呂場の方だ。わたしは手を拭《ふ》き、お風呂の方に行く。

脱衣場のドアを開けて、思わず固まった。脱衣場の床に、愛が、ぶっ倒れていた。何も身につけず、スッポンポン。うつ伏せに倒れていた。

「どうしたの⁉」

口に出しながら、愛の肩に手をかけた。

愛は顔を少し上げ、うっすらと目を開いた。その顔が、真っ赤だ。お風呂でのぼせたのか……。

そのとき、鼻をつく匂いにわたしは気づいた。お風呂場に漂っているアルコールのような匂い……。

みれば、近くに焼酎《しょうちゅう》のボトルが置いてある。

「あんた、お風呂に焼酎入れたの?」


愛が、脱衣所で息を吹き返したのは、2時間後だった。わたしは、冷たいタオルをその額にのせてあげた。

体にバスタオルを巻き、仰向《あおむ》けに寝ている。

「なんで、焼酎風呂なんかに入ったの」と訊いた。すると、

「匂い消し……」ぼんやりした声で、愛はつぶやいた。

「匂い消し?」訊くと、小さくうなずいた。

「耕平と何か乗り物のって、魚臭いと思われたら嫌だから……」と言った。

「乗り物……」わたしは、つぶやいた。

遊園地でもある〈シーパラ〉にはいろんな乗り物がある。二人だけで乗る狭いものも……。

そのとき、魚臭いと思われたら……。愛は、そう思ったらしい。

「あんた、学校の誰かに魚臭いって言われた事あるの?」

訊くと、かすかにうなずいた。最近、クラスのある女子から〈愛、魚臭いよ〉とか

らかわれた事があるという。

その子に悪気がなかったにしても、人を傷つけるような事を、思わず口にしてしまう年頃なのだろう。

確かに、わたしたちは毎朝のように魚市場で魚を拾っている。そして、最近では、愛も魚をさばくのを手伝ってくれている。

そんな女の子にとって、自分が魚臭くないかは、すごく気になる事だ。

もちろん、わたしや愛は、普通の人よりまめにシャワーを浴びたり、お風呂に入ったりしている。

体が魚臭いはずはない。けれど、それはそれとして、気になるのも確かだ。


「それで、焼酎をお風呂に入れて……」

わたしは、つぶやいた。愛は、うなずく。

「いつか、海果が焼酎に魚をひたして生臭さを、とってたじゃない？」

「ああ、あれね」わたしは思い出した。魚市場で拾ってきたイワシ。それを焼酎にひたし、臭み取りをし、それから唐揚げにした。

その事を愛はよく覚えていたらしい。

「で、自分の体から臭み取りを……」わたしは、唖然《あぜん》としてつぶやいた。

〈なんてお馬鹿な……〉と愛に言うのは簡単だ。

けど、そう単純に言い切れないのも事実だ。わたし自身も、魚の臭いが気になった経験がある。

あれは、高二のとき。わたしは、そこそこ仲がよかった男の子と砂浜にいた。

いい感じになり、いよいよファースト・キス……。その寸前に、相手が言った。

〈お前、魚臭くない?〉と……。

わたしは、ドキリとした。その頃、すでにお母さんがやっていた店を手伝っていた。

お母さんがあまり調理をしないので、わたしは毎日のように魚をさばいていた。

もちろん、手はよく洗っていた。けれど、全く魚の臭いがしなかったかと言えば、自信がない。

そのファースト・キスの場面は、ただ気まずい雰囲気になって終わった。それ以来、〈魚臭い〉は、わたしの中でもトラウマになっている。

だから、愛の事も笑い飛ばすわけにはいかない。それにしても、

「酒風呂で、体の臭み取りをしようとは……」わたしは、つぶやいた。

「笑ってもいいよ」と愛。その目尻《めじり》に涙の粒が光っている。

わたしは、笑わなかった。というより、笑えなかった……。

いまの時代、いろんなスパが流行《はや》っているのは、テレビで見ている。それにしても、よりによって焼酎スパとは……。


さらに1時間。愛は、やっと普通に立ち上がれるようになった。

わたしはもう、お風呂場を洗剤で洗い、焼酎の匂いを消し去っていた。

「ほら、もう一度、ちゃんと入って」と言うと、愛は素直にうなずいた。うつむいてお風呂に入っていった。


「そんなに笑わなくても」わたしは、奈津子に言った。

24　まるで、心が殴られたような

翌日の午後。店の手伝いにきた奈津子に、昨日の事をさらりと話したところだった。

愛が焼酎風呂でぶっ倒れた一件だ。

途中から、奈津子は腹をよじらせて笑いっぱなしだ。

「痩《や》せっぽちのガキとはいえ、やっぱり女の子なんだね」と笑い終わった奈津子。

わたしは、時計を見た。午5時過ぎ。いま頃、愛は耕平と〈シーパラ〉で遊んでいるだろう。

「そろそろ帰ってくる頃かな……」とわたし。

「いや」と奈津子。「トマト少年、意外にませてて、いまごろ愛をラブホに誘ってたりして」と言った。わたしは苦笑い。

そのとき、ドアが開いて愛が帰ってきた。

「おかえり」とわたし。愛は、微笑しうなずいた。

「どうだった？　耕平とどこまでいった」奈津子がニヤニヤして訊《き》いた。

「どこって〈シーパラ〉行ったんだけど」と愛。ポカンとした顔をしている。

わたしは苦笑い。愛は、ほっとため息をついた。着替えに二階に上がっていく。

「初デートで疲れたんだね。わかるよ」と奈津子。

愛はよく生意気な事も言うけど、気が小さいところがある。奈津子が言うように、初めてのデートで疲れたようだった。


「あっ」と葛城。包丁を持ったまま、小声を出した。

夜の9時近く。うちのキッチン。葛城が、魚をさばく練習をしている。

練習をはじめてもう2週間以上になる。かなり上手になってきていた。

葛城は、三枚におろしたアジの、皮をひこうとしていた。そこで失敗。アジの皮は、プツリと切れてしまった。

「ダメか……」と葛城。出刃包丁を握ってつぶやいた。

「気にしないで」わたしは言った。魚をさばくとき、一番難しいのがここ、皮をひくところかもしれない。

「もう少し包丁を寝かせた方がいいかな」わたしが言ったときだった。

店のドアが開いた。あの〈パスタ天国〉店長の須田が入ってきた。

須田は、カウンターの中にいる葛城にうなずいてみせた。

「仕事はもう終わりか？」と葛城。

「ああ」と須田。「観光シーズンが終わったんで、もう8時でラストオーダーだ」と言った。確かに、9月も後半に入り、葉山の町に観光客の姿は減っている。

須田はカウンター席についた。今日も仕立ての良さそうなサマー・スーツを着ている。

「ここ葉山の〈パスタ天国〉も、ほぼ軌道にのったし、ひと息さ」と須田。わたしを見て、

「ジン・ライムでもくれないか」と言った。わたしは、酒のボトルが並んでいる棚をふり返った。

「ジンは何？」訊くと、「ボンベイ」と須田。

それは言うまでもなく〈ボンベイ・サファイア〉という高級なジンで、うちの店でオーダーするお客はめったにいない。けれど、須田は慣れた口調でオーダーした。

わたしはうなずき、ボンベイ・サファイアのボトルを手にとる。ジン・ライムを作

りはじめた。

「いろいろと噂を聞いたけど、かなり大変そうだな」

と須田。カウンターの中にいる葛城に言った。

「まあね。信用金庫の融資担当なんて、苦労ばかりさ」

と葛城。苦笑してみせた。いまも、エプロンをかけて包丁を手にしている。

そのとき、誰かのスマートフォンがかすかに鳴った。

須田が、ポケットから取り出す。「失礼」とわたしたちに言い、小声で話しはじめた。

「相手が値下げ交渉に応じない？　それなら、取り引き中止を考えるべきだな」と須田。

「ヴェトナムには、エビを輸出する企業なんて山ほどあるんだ」と言った。さらに、

「1年間で何億の利益になってるか、そこをよく考えろと相手に言ってやれ」

と強い口調で言い、通話を切った。どうやら部下からの連絡らしかった。

「そっちもなかなか大変そうだな」と葛城が言った。

「まあ、取り引き相手は海外の企業が多いし、扱ってる金額も大きいからな……」

と須田。相変わらず自信にあふれた口調で言い、ジン・ライムのグラスに口をつけ

た。


わたしは、ふと気づいた。

いま葛城は、使った包丁を洗い、布で拭《ふ》いている。

須田は、二杯目のグラスを手に、何気なくその様子を眺めている。

そんな光景を見ていたわたしの胸に、ある思いが湧き上がってきた……。

須田は、仕事帰りにひと息つきにきた……。それは本当なのかもしれない。

けれど、もしかしたら、須田は自分と葛城の勝敗を確認するためもあって、来たのではないか……。

300万円ほどの融資で苦境に立ち、いまにも潰《つぶ》れそうな店でエプロンをかけて働いている葛城……。

年に何億円とかの取り引きを自信満々で取り仕切っている自分……。

同じ大学を同時に卒業したものの、あきらかに〈勝ち組〉と自負できる自分と〈負け組〉に見える葛城。

その事実を確認したくて、うちの店に飲みに来たのでは……。ふと、そんな思いが胸をよぎっていた。人の心の奥底には、ときとして残酷さがひそんでいる事がある。

須田は、腕のロレックスをちらりと見る。

「ちょっと本社に戻った方が良さそうだ」と言い、席を立った。

ジン・ライム二杯、2千400円の勘定に、3千円を出し、

「おつりはいいよ」とわたしに言った。一度だけ葛城にうなずいてみせ、店を出て行った。

葛城は、無言で包丁を拭いている。


「あっ」愛が声を出した。口を半開きにしてテレビを観ている。わたしも、すぐさま画面を見た。慎が作ったCMが流れはじめていた。

〈白いスペースに、『撮影&メッセージ・内海慎』のシンプルな文字〉

〈静かなピアノの旋律……〉

〈青い海と白い夏雲。ヨットの上にいる三人家族〉

〈子供は、小学生〉

〈表情がはっきりとは写ってはいないが、楽しそうな雰囲気の画像〉

そこに、静かで落ち着いた慎のナレーションが入る。

『両親とともに、
　海の上のヨットで、
　　夏を過ごす子供がいる』

　そして、画像は切り替わる。

〈斜めからの陽が射す防波堤〉

〈突っ立っている一人の少女〉〈どう見ても小学生〉〈着古したTシャツは、まだ濡《ぬ》れている〉

〈片手にさげたネットには、ムール貝がかなり入っている〉

〈少女は、静かな視線をカメラに向けている〉そこへ淡々とした慎のナレーション……。

『ノートや鉛筆を買うお金のために、
　海の中で、
　　貝をとる子供がいる』

そこに女性のナレーション。

『たまたま恵まれない暮らしをしている子供たちに、ご支援をお願いします。

チャイルド・レスキュー基金』

最後に、基金のマークと電話番号が映り、CMは終わった。

わたしと愛は、10秒ほど無言でいた。さらに20秒……。二人とも無言……。

何か、言葉に出してしまうと、こぼれ落ちてしまいそうな思いが胸に湧き上がっていた。

小さく、グスッという音が聞こえた。愛が、鼻をすすったらしかった。

しばらくして、わたしは我に帰る。無言で、またお皿を洗いはじめた。

その夜。10時。わたしは慎にラインを打った。

〈あのCM見たわ。うまい言葉が見つからないけど、まるで、心が殴られたみたいな感じがしたわ……〉

〈……その言葉だけで充分だよ。あの小織の事を教えてくれたのは君だしね。本当にありがとう〉

〈そんな……。CMの評判、すごいんじゃない？〉

〈ああ。オンエアーを開始してまだ3日だけど、事務局の電話は一日中鳴りっぱなしだそうだ〉

〈すごい……〉

〈これから、さらに反響が広がるかもしれないな……〉と慎。〈それに関して、ちょっと話したい事もあるんで、近々、葉山に行くよ〉

〈わかった。待ってるわ〉

そこで、ラインのやりとりは終わった。終わっても、わたしはスマートフォンの画面をじっと見つめていた……。


「一郎、いるか?」と太い声がした。

早朝の5時。魚市場。わたしと愛は、今朝も魚拾いにきていた。わたしは、胸ビレがちぎれてしまったサバを拾ったところだ。

季節は夏から秋に変わりつつあった。

サバの身にも、脂《あぶら》がのってきたようだ。わたしが、そのサバをポリバケツに入れたとき、「一郎、いるか」という声が聞こえてきたのだ。

見れば、オッサンが二人いる。五十代後半に見えるオッサン。二人とも、見るからに漁師だった。

深く陽灼《ひや》けし、がっしりした体格をしていた。目つきが鋭い。

アジの仕分けをしていた一郎は、ふり向く。オッサンたちと向かい合い、

「おう」と言った。わたしの近くにいた魚市場の人が、

「ほう、小坪の漁師か……」とつぶやいた。その小坪の漁師二人は、一郎と向かい合う。

「この前は、うちのコウジを海に落としてくれたそうだな」と言った。

わたしは、ドキリとした。

小坪漁港のコウジ。それは、わたしも手伝って海に落としたやつだった。

25　骨せんべい

一郎と、小坪の漁師二人は向かい合った。

もしかして、喧嘩《けんか》にでもなるのだろうか……。わたしは、思わず緊張した。けれど、漁師たちの言葉は意外なものだった。

「実は、お前に礼を言いにきたのさ」と、漁師の一人が一郎に言った。

「礼？　コウジを海に落としたのに？」と一郎。漁師の一人が、またうなずいた。

「おうよ。あれは、コウジにとっちゃいい薬になったと思うさ」

「いい薬？」

「ああ。あいつが、逗子マリーナにマンション持ってる客たちに、ワカシを売りさばいてるのは、小坪でも問題になっててなあ」

「へえ……」

「よく注意するんだが、コウジのバカタレは、わしら年寄りの言う事なんかきかんのさ」とその漁師は苦々しそうな表情で言った。

「けどよ、お前みたいないなイキのいいやつに睨《にら》まれると、さすがにびびってるよ」ともう一人の漁師。

「あれ以来、コウジはワカシを獲《と》るのをやめた。お前のおかげでな」と言った。

「そりゃよかった」

「ああ……。だから、お前にゃ、これからも漁協の青年部長として睨みをきかせて欲しいわけさ」とその漁師。

「よろしく頼むわ」と言った。

そして、小坪の連中は帰っていった。その後ろ姿を見ながら、

「その通りだ。よろしくな」と市場で働いている中年の人が、一郎の肩を叩《たた》いた。


わたしと愛は、ふと足を止めた。

市場で拾った魚とイカは、すでにポリバケツに入れた。それをぶら下げて、店に戻ろうとしたときだった。

一郎の姿が、岸壁にあった。缶コーヒーを手にして、岸壁に佇《たたず》んでいる。そして、

港の海面を見つめている。

何か、考え事をしているようだった。早朝のひんやりした風が、一郎の前髪を揺らしている。頭上には、カモメが二羽、海風に漂っていた。


「トマトを学校で?」わたしは思わず愛に訊《き》き返していた。

夕方の5時過ぎ。耕平が、いつも通りトマトを持ってきてくれた。

うちの店で使うのは取り分け、あとは〈耕平くんの、ぶさいくなトマト〉としてビニール袋につめていた。

その作業をしながら、愛が言ったのだ。学校でトマトを売れないかと……。

耕平のトマトは、そこそこ売れている。けれど、うちの店に置いてあるだけでは限りがあるのも事実だ。

「だから、学校でお弁当と並べて売ればどうかなあ……」と愛が言った。

「そっか……」わたしはつぶやいた。いま、週に2回、中学でお弁当の販売をしている。そのお弁当のわきに耕平のトマトを置く。

「確かに、悪くないかも……」わたしは、またつぶやいた。当の耕平を見る。

「あんた、照れたりしない?」と訊いた。

「あ、その……」と耕平が口に出したとたん、

「照れてる場合じゃないよ。新しいビニールハウス、買わなきゃならないんだから」

愛がぴしゃりと言い切った。勝負あり。


「へえ、耕平のトマトだってよ」という男生徒の声。

翌日の昼休み。わたしたちは、中学でお弁当の販売をはじめたところだった。

わたしがお弁当を並べて売りはじめた。その隣りで、愛が耕平のトマトを並べた。

ビニール袋に五個入って150円。かなり安いだろう。

耕平本人は、さすがに恥ずかしいらしく、姿を見せない。

相変わらず、安くて美味《うま》いうちのお弁当は人気だ。生徒たちが、次つぎとお弁当を買っていく。そのとき、誰かが耕平のトマトに気づいた。

「ぶさいくなトマトだって」

「この絵、耕平よりかっこよくないか?」などという声。すると、

「ぶつぶつ言ってないで買ったら?」と愛が言った。それでも、手を出す生徒はいない。そのときだった。

「ちょうだい」と女生徒の声がした。

葛城の娘、里香だった。

「これ、お弁当に入ってるあのトマトよね」と彼女。

「その通り。見栄えは悪いけど、美味《おい》しいよ」と愛が言った。里香は微笑し、うなずいた。

「一袋ちょうだい」と言った。愛が、トマトを渡しお金を受け取った。

それが、きっかけだった。特に女生徒たちが、ビニール袋に入ったトマトを手にとる……。里香は、学級委員。しかも、ずば抜けてルックスもいい。女生徒たちは、そんな里香に影響されたようだ。

「里香、オピニオン・リーダーなんだね」愛がわたしの耳元で囁《ささや》いた。

「それって？」

「海果、そんな事も知らないの？」と愛。そんなやりとりをしている間にも、トマトが売れはじめた。


「へえ、学校でトマトを売りはじめたのか……」

と一郎。船の舵《かじ》を握ってつぶやいた。わたしたちは、食材を釣るために葉山の沖にいた。

「じゃ、野球部員たちにも言っとくよ。そのトマトを買うように」

と一郎。彼は、時間を見つけては中学野球部のコーチをしている。それは、自分のトレーニングもかねているのだけど……。

「そろそろ、イナダがきそうだな」と一郎。船の後ろをふり向いて言った。

もう、10月に入っている。マヒマヒは減ってきた。そろそろイナダの季節だ。

空にはウロコ雲。陽射しも、透明感をましている。

わたしが、真夏とは違うひんやりした空気を胸一杯に吸い込んだとたんだった。

ジーッとリールが鳴った。食材ヒット！

一郎は、もう後ろを見ながら船のスピードを落としていた。

かかった魚は、ジャンプしない。釣り糸《ライン》はまっすぐ後ろに引き出されている。

「イナダだな」一郎が落ち着いた声で言った。わたしは、力を込めてリールを巻きはじめた。


「おお、なかなか……」一郎がネットで魚をすくい上げて言った。

ネットに入っているのは、まぎれもなく太ったイナダ。ブリの若魚らしい砲弾型の魚体。２キロ近くありそうだ。

一郎が、テキパキと釣ったイナダをクーラーボックスに入れた。また、ルアーを後ろに流しはじめた。相模湾の秋だ……。


「できた……」と葛城がつぶやいた。

包丁を手にして、まな板の上を見つめている。

夜の6時過ぎ。葛城が、魚をさばく練習をしていたところだ。

この前はアジで失敗したので、今日は一郎にもらったシロギスをさばく事にした。

キスを天ぷら用にさばく場合、皮をひく必要がないので、やりやすいからだ。

ウロコをこそげとり、キスの身に包丁を入れる。

最後に、中骨を切りとる……。

二匹目までは失敗したけれど、三匹目のキスで成功。葛城はきちんとさばけた。

「できたね」と愛が笑顔で言った。葛城はさすがに嬉《うれ》しそうな顔をしている。初めて見るような笑顔だった。

「骨も捨てないんだ……」と葛城がつぶやく。わたしは、うなずいた。

シロギスは、小型の魚だ。その中骨も細い。なので、わたしたちは中骨を揚げて食べる。

いまも、天ぷらを揚げたあとの油で中骨を揚げていた。少し時間をかけて素揚げにする……。

やがて、油から上げた中骨をお皿に盛り、塩を振る。それを葛城の前に置いた。

「ビールのおつまみにいいわよ」

わたしは言った。わたしたちは、これを〈骨せんべい〉と呼んでいる。

葛城は、それをじっと見ている。やがて、骨せんべいを手にとった。ひと口かじる。

「……美味い……」と言った。しばらく味わっていて、

「無駄になるところなどない。そういう事かな……」

と、しみじみとした声でつぶやいた。

やたらにしみじみとした口調……。それを聞き、葛城の心にある思いを、わたしはなんとなく想像していた。

信用金庫での立場はあやうく、戦力外通告されそうな自分……。

それを実感しながらも、世の中、無駄な人間などいないと思いたいのでは……。

そんな葛城を、愛がからかうかと、わたしは思った。

けれど、愛は何も言わなかった。無言で、わたしが揚げたキスの天ぷらをゆっくりと食べている。もしかしたら……。お父さんに見放されたらしい自分の事が、その頭によぎっているのかもしれない。

カリッと、葛城が骨せんべいをかじった。しっとりとした秋雨が、窓ガラスを濡《ぬ》らしはじめた。店のミニコンポから、S《スティービー》・ワンダーの曲が低く流れている。

その日、午後の4時過ぎ。店のドアが開いた。

入ってきたのは、小織だった。小学校の帰りなのか、ランドセルを背負っている。

「久しぶりね……」わたしは言った。この子と会うのは半月ぶりだろうか……。

もう10月の末。海水が冷たくなってきた。本職の漁師は、ウエットスーツを着てアワビやサザエを採っている。

けれど、小織はウエットスーツを持っていないので、ムール貝は採れないのだ。

そんな彼女の後ろから、中年の女性が店に入ってきた。どうやら、小織のお母さん……。

26　少年は、生まれて初めてボールペンを手にした

「あの……小織の母です」とお母さんが頭を下げた。

髪はショートカット。コットンのパンツ。アディダスのトレーナーを着ている。がっしりした体格で、働き者という雰囲気だ。

小織によると、体を壊す前は大きな病院で看護師をやっていたという。

こんな丈夫そうな人にとっても、看護師の仕事は大変なのだろう。しかも、シングルマザーなので、無理をして働いていたようだ……。

「娘が、とんでもなくお世話になりまして……」とお母さん。

「いえいえ、小織ちゃんのムール貝、お客さんにすごく好評で……」とわたし。それは、本当の事だ。

「それならいいのですが……このたびは、支援金までいただく事になって、なんとお

礼をしたらいいか……」

お母さんは言った。それは、慎からのラインで知っていた。

小織があのCMに出た、その出演料が30万円ほど。そして、〈チャイルド・レスキュー基金〉から小織の家庭に送られる毎月の支援金、その1回目がすでに振り込まれたと……。

そのせいか、小織が着ている綿のパーカーもわりと新しい。少なくとも、以前のようにみすぼらしくはない。

お母さんの手には、スーパーのビニール袋。そこからは、長ネギがのぞいている。

そして、葉山町内にある旭屋《あきひや》牛肉店のビニール袋も持っている。

「今夜はすき焼きですか?」わたしが訊《き》くと、お母さんはうなずき、

「何年かぶりに……」ちょっと気まずそうに言った。そのとき、小織がランドセルを肩からおろし、何か出した。

「これ、慎さんに」と言った。

それは、絵の入った額だった。額は、100円ショップで買ったようなものだった。

けれど、そこにある絵に思わず視線が引きつけられた。

描かれているのは、カメラを持った慎だった。両手でカメラを持ち、優しい笑顔を

見せている……。素朴で、体温が感じられる絵だった。

わたしは、うなずき、

「慎ちゃんに渡しておくわ」と言った。


やがて、小織とお母さんは、帰っていく。

わたしと愛とサバティーニは、出窓からその後ろ姿を見ていた。

ゆっくりと歩いていく二人……。お母さんがふと片手をさし出し、小織がそれを握った。そうして二人は、夕陽が射す道を歩きはじめた。

長い影と短い影が寄り添って、小道に伸びている。わたしと愛は、無言でその光景を見送っていた……。〈よかったね〉と微笑み、同時に羨《うらや》ましさを感じながら……。


「よお」という声。

須田が店に入ってきた。もう11月なので、洒落《しゃれ》たウールのスーツを着込んでいる。

この前と同じ、ボンベイ・サファイアのジン・ライムをオーダーした。

葛城は、カウンターの中で包丁を使っている。アジのウロコをそぎ取っている。

包丁の扱いが、かなり慣れてきていた。須田は、それを眺めながら、

「ちょっと、話をしていいか？」と葛城に言った。ただ一杯飲みにきたわけではなさそうだ……。


「経理部に？」と葛城が訊き返した。

「ああ、うちの経理部でイスが一つ空いてしまってね」と須田。「まあ、課長補佐というところなんだが」と言った。

「で？」と葛城。相変わらず包丁でアジのウロコをそいでいる。

「回りくどい話は嫌いなんで、はっきり言おう。お前、うちに来ないか？」須田が言った。

「お前の田島フーズ？」

「ああ。金勘定は得意だよなあ……。なんなら、経理部の課長と同格のポストでもいいよ」と須田。葛城は、動かしていた包丁を止めた。

「それはいい話だが、経理なら私より最適な人材がいるよ」

と葛城。包丁をかたわらに置き、隣りにいた愛の肩を叩《たた》いた。

愛は、顔を上げた。口をとがらせる。

「いいけど、わたしのお給料は高いよ。ボーナスは、最低でも3ヵ月分かな……。あと福利厚生がしっかりしてなきゃダメね」と言った。

　須田は、グラスを宙に浮かせ、口を半開き……。


「真面目な話なんだ」と須田。

「大学であれだけ成績が良かったお前が、信用金庫あたりでくすぶってるのが残念に思えてな」と言った。さらに、

「自慢するわけじゃないが、うち田島フーズの業績は、毎年右肩上がりだ。今年も前年比130パーセントの増収だよ」

　と須田。葛城は、使った包丁を洗いはじめた。

「確かにいい話だな……。ありがとう。考えておくよ」と須田に言った。落ち着いた声だった。

　すると須田のスマートフォンにラインかメールが着信したらしい。彼はそれに目を走らせた。何か、急ぎの用件らしい。須田は葛城を見た。

「……わかった。せめて1カ月以内に返事をくれないか」

と言い、ジン・ライムを飲み干した。慌《あわただ》しく勘定をして、店を出ていった。その後ろ姿を見送り、

「切れ者の須田らしくないな……。私は、金勘定が得意じゃないさ。だから、あいつ

が言うように信用金庫でくすぶってるわけで……」と言い、葛城は淡く苦笑した。


「これ……」と慎。小織が描いた絵の額を手にして、つぶやいた。

午後3時。葉山・大浜海岸。

わたしと慎は、並んで砂浜に腰かけていた。がらんとした砂浜に、透明な陽が射している。

「これまで、いろんなトロフィーをもらったけど、これは最高に嬉《うれ》しいな……」

慎が、つぶやいた。

慎は俳優としてデビューして以来、比較的レベルの高い作品に出てきたらしい。

これまで、いろいろな賞を受賞してきたと情報通の愛が言っていた。

そんな慎にとっても、小織が描いてくれたこの絵は、特別なものに感じられるようだ……。

「彼女も、お母さんも、慎ちゃんにすごく感謝してた」

とわたし。この前、親子で店に来たときの事を話した。慎は、うなずきながら聞いている。そして、

「そりゃ良かった。でも、感謝しなきゃいけないのはこっちさ」と言った。

小織が出たあのCMは、大きな反響を呼んでいるという。

「きのうの時点で、〈チャイルド・レスキュー基金〉には、4億円をこえる支援金が寄せられているらしい」

「4億円……」わたしは、口を半開き。

「これまで出た映画で、興行収入が1カ月で4億円とか発表された事はあるけど」と慎。

「それは、文字通り映画という興行の売上金だけど、今回の4億円は違う」と言った。わたしは、その横顔を見た。

「これって、見返りを期待しない支援金じゃないか。あのCMが、見てくれた人の心に届いて、動かした……。だから、たとえ千円だろうが2千円だろうが、それを寄付してくれた人たちの思いが感じられる……」

慎が静かにつぶやいた。わたしもうなずき、

「わかるわ……」と言った。


「ドキュメンタリー番組を？」

わたしは訊《き》き返した。慎は、小織の絵を見つめたまま話しはじめた。

「去年、東南アジアをひとり旅してたとき、タイの農村をヒッチハイクしてて……」

「ヒッチハイク？」

「ああ、バスも通ってないような農村を主に徒歩で旅してたんだ。そんなあるとき、一台の牛車《ぎゅうしゃ》がやってきてね」

「牛車？」

「そう、牛に引かせる荷車で、まだ青いバナナを山ほど積んでた。その牛車は、埃《ほこり》っぽい道を歩いてるおれを見ると止まってくれた」

「乗っていかないか？」

「そう。でも、そのかなりくたびれた牛車を動かしてたのは10歳ぐらいの男の子だった」

「10歳……」わたしは訊き返した。

「ああ、そのぐらいに見えた。貧しい身なりで裸足《はだし》だった……。午前中の事だったから、学校には行っていないようだった。とりあえず、おれはとなりの村までの5キロほどを、牛車に乗せてもらったよ」と慎。

「となり村に着いたところで、おれはお礼を渡そうとした。日本円にして200円ぐらいのバーツ硬貨を渡そうとした。けど、その子は微笑して首を横に振った」

「いらないよって事？」

「まあ、そうだね。で、牛車を降りようとしたとき、彼の視線がおれの胸ポケットに向いてたんだ」

「ポケット？」とわたし。慎はうなずいた。

「デニムのシャツの胸ポケットに、ボールペンがさしてあったんだけど、彼はそれをじっと見てたんだ」

「……………」

「これが欲しいのかなと思って、そのボールペンを差し出したら、彼は恐る恐る受け取ったよ。そして、5秒ほどするとものすごく嬉しそうな顔をしたんだ」

「生まれて初めてボールペンを手にしたの？」

「そうみたいだった。そのボールペンはノック式だったんだけど、その子はそれがわからないらしくて」

「……………」

「おれがノックしてボールペンの芯《しん》を出してやると、彼はびっくりした顔をしたよ。それでも嬉しそうな表情で両手を合わせ何回もおじぎをした。タイは仏教国だからね」

慎は、つとめて淡々と話している。

「10歳といえば、日本なら小学校に通っていて、スマホを持っていてもなんの不思議もない。でも、その子は学校に行ってないどころか、ボールペンすら手にした事がなかったらしい」

慎は静かな口調で話しながら、水平線を見ている。

「この前のCM撮影で、ムール貝を持ってる小織にカメラを向けていたら、そのときの事がよみがえってきてね……」

トイ・プードルを連れた身なりのいい少女が砂浜を歩いていく……。

「日本のみんなは、知らなすぎるのかもしれないな……。あるいは、知ろうとしない……」

慎が、またぽつりと口を開いた。

「世界の紛争地帯や戦地でなくても、潜在的《せんざいてき》な貧困は常にあるようだ。ある調査だと、この地球上では約六割の子供たちがそんな潜在的貧困の中で生きているらしい」

「六割……」わたしは思わずつぶやいた。

27　僕らは、何も知らない

「そんな事をあるテレビ局のプロデューサーと話してたら、彼が提案してきた。そんな現実を取材撮影した番組を作りませんかと……」

「それが、ドキュメンタリー？」

「ああ。世界各地で撮影して、それをシリーズとして2カ月に1回ぐらいのペースでオンエアーするのはどうかと提案してきた」と慎。

「おれとプロデューサーが考えた、そのシリーズの仮タイトルは、『僕らは、何も知らない』。……かなりいいと思う」

わたしは、うなずいた。確かにいいタイトルだと思った。僕らは、何も知らない。あるいは、知ろうとしていない……。

「で……それは、引き受けたの？」

「まだ、正式に引き受けてはいないよ。事務所との相談も必要だし……」

「もしその仕事をはじめたら、俳優は当分休業？」

「まあ、そうなるなあ……」慎はつぶやいた。映画出演の依頼は、たくさんきているらしい……。

「俳優の休業に迷いは？」

「ないと言ったら嘘になるかな……」と慎。傾いていく陽射しに目を細め、

「どこに向かったら自分の本当の居場所が見つかるのか、いまそれを考えてるよ」

とつぶやいた。


「おれ、登校拒否してたじゃない？」

慎が海を眺めて言った。わたしは、うなずいた。小学生の頃から、慎が登校拒否していた事は聞いていた。

「父親が大蔵省のエリートだったんで、同級生にちょっとした嫌味を言われ、それがきっかけで学校に行かなくなったんだけど……」

と慎。そこで言葉を呑《の》み込んだ。またしばらく海を見ている。

「学校に行こうと思えば行けるのに行かなかった自分……。学校に行きたくても行け

ないあのタイの子……。それを思うと、いろいろと考えちゃってね……」

　とつぶやいた。わたしは、

「自分が甘ったれのお坊ちゃんだったとか？」と言った。慎は苦笑い。

「まあ……」

「あ、ごめん、馬鹿な事言っちゃったかな」とわたし。

　慎が気にするような事を言ってしまったかも……。でも、カピバラ女のわたしじゃ、そのぐらいしか言えないから、仕方ない。

　それでも、慎は微笑しながらわたしの方を見た。じっと見ている……。

「いいんだ。確かに、あの頃の自分は甘ったれのお坊ちゃんだったと思う。でも、それをはっきり言ってくれる人はいなかったんだ」と慎。

「だから、そうやって、正直に言ってくれる海果は、いまのおれにとってすごく大切な人でさ……」と言った。じっと、わたしの横顔を見ている……。

〈すごく大切な人で……〉のひと言が胸に刺さった。頰が火照っていた。

　わたしは、あせった自分をさとられないように、深呼吸……。

　陽は西に傾き、砂浜に落ちている貝殻の影が長い。冷たくなってきた潮風が、火照ったわたしの頰をひんやりと撫《な》でていく……。

「完売！」と愛が言った。

昼休みの学校。わたしはお弁当を販売していた。その隣りでは、愛が〈耕平くんの、ぶさいくなトマト〉を売っていた。

お弁当三〇個は、5分前に売り切れた。そしていま、耕平のトマトも完売したらしい。

「150円のが一〇袋売れたから、1500円か……」と愛。さっそく、ビニール袋に入れた小銭を数えている。

「完売、よかったじゃん」わたしは言った。お金を数えている愛を眺めていた。

会社経営に行き詰まったお父さんから愛へは、いまだに何の連絡もないという。

お父さんは、いまも金策に駆け回っているのだろうか……。

そんな状況なので、悪性リンパ腫《しゅ》で入院しているお母さんの入院費は、愛がなんとか払っているようだ。

毎朝のように、わたしと魚市場に魚を拾いにいくバイト代……。そして、うちのツボ屋を手伝ってくれている事へのバイト代……。たいした金額ではないけど、それらで、なんとかしているようだ。

耕平のトマトを直売するこの収入も、そのたしになるのだろう。

わたしは、ひどく真剣な表情で百円玉や十円玉を数えている愛の横顔を見ていた。


「かなり太ってきたな」と一郎。クーラーボックスに入っているイナダを見て言った。

午後4時半。店の定休日なので、一郎とわたしは午後までイナダ釣りをしてきた。

いま、港に戻って船を舫《もや》ったところだった。

もう11月中旬。イナダはかなり太っている。2キロ以上ありそうだ。それが六匹、クーラーにいる。

「まずまず」と一郎。相変わらず落ち着いた口調で言った。そのとき、一郎のスマートフォンに着信。

「ごぶさた」と一郎。かけてきた相手と話し出した。

「隠してもしょうがないな……。確かに球団からは話がきてますね。でも、少し待ってもらってて……」と一郎。

「……本当ですよ。まだトレーニングはじめたばかりだし、本調子には戻ってなくて」一郎が言うと、相手が何か話している様子。

「もしそうなったら、連絡しますよ。じゃ」と一郎。通話を終えた。

スマートフォンをポケットにしまい、わたしを見て、

「神奈川新聞のスポーツ担当さん」と言った。

わたしは、ドキリとした。それは、たぶんうちの店に二度ほど来た倉田だろう。あの倉田が、一郎に直接電話をしてきたらしい。確かな情報をつかんで……。


「球団から話って？」わたしは思い切って訊《き》いた。

「ああ……。もしおれがプロ野球の世界に復帰する意思があるなら、再テストしてもいいって、球団のフロントが言ってくれてるんだ」と一郎。

「でも、いま電話で話した通り、まだまだ……」とわたしに言った。そのときだった。

「そいつはどうかな？」という声。ふり向くと武田がいた。学校の帰りに、ふと寄ったらしくセーター姿だ。

「ピッチングは、かなり元に戻ってるように見えるが……」と武田。一郎は、ゆっくりと首を横に振った
「いや……。球速も、コントロールも、プロの試合で投げられるレベルじゃないよ」
と言った。

「さあ、どうかな?」と武田。「お前がそう言うなら、そうかもしれんが……」とつぶやいた。そのとき、まだ十代に見える漁協員が、

「一郎さん、ちょっと……。定置網の修理の件で……」と声をかけてきた。一郎はその若い漁協員と打ち合わせをはじめた。


5分後。わたしと武田は、岸壁をゆっくりと歩いていた。

「週に2回か3回は、キャッチャーとして一郎の投球をうけてるわけだけど、コントロールも球速も相当にレベルアップしてる」と武田。

「この短い期間のトレーニングとは思えないほどだ」と言った。

「でも、一郎はまだ球団の再テストを受けないと言ってる……」とわたし。

「ああ、球団には待ってもらっているらしいな……。なぜなのかな……」と武田がつぶやいた。


グレープフルーツ色の夕陽が、港の海面を染めている。

わたしは、目を細めてそんな港を眺めていた。

ある推測が、胸に湧き上がっていた。

二つの思いが、一郎の心の中で揺れているのではないか……。

その一つは、もちろんプロ野球への復帰。もう一度ピッチャーズ・マウンドに立ち、選手として活躍する事。

そして、もう一つは、海についての思いかもしれない。

子供の頃から遊び場であり仕事場であった海。それが危機的な状況になってきている……。

魚は獲《と》れなくなり、一部の漁師たちは乱獲に走っている。

そんないま、自分が海や魚を守らなくては……。漁協のリーダー格として、なんとかしなければ……。そんな思いが、一郎の心にあるのではないかと、わたしは思った。

野球選手と、漁協のリーダー……。その二つの間で、一郎の気持ちは揺れている。

だから、球団の再テストを受けるのをのばしているのでは……。

それは、外れていないように、わたしには思えた。

あの慎と同じような心の揺れ……。

どっちへ歩きはじめたら、〈自分の本当の居場所〉が見つかるのか……。

その別れ道を前にして、一瞬立ち止まっているように、わたしには感じられた。

涼しくなってきた潮風の中……。わたしは両手をパーカーのポケットに突っ込み、ゆっくりと歩いていく……。上空からは、チイチイというカモメの鳴き声が聞こえていた。


「海果」と一郎が声をかけてきた。

朝の5時過ぎ。いつも通り、わたしと愛は、ポリバケツを持って魚市場に来た。捨てられた魚やイカを拾うために……。

魚市場に入ったとたん、一郎が声をかけてきた。

「ちょっとこっちに」と一郎。わたしたちは、魚市場の隅に行った。

ふと見れば、市場の中の様子が変だ。ひそひそと何か話している人が多い。

「どうしたの？」わたしは訊いた。

「このあたりで食中毒が起きたんだ」と一郎。

「食中毒？」

「ああ、昨日の夜、外食をして食中毒を起こした人が、葉山の救急病院に運び込まれたらしい」と一郎。

「救急病院……」とわたし。

「ああ、どうもその原因が魚介類らしいんだ」と一郎。

「この魚市場にも、もうすぐ保健所が来るようだ。だから、今日は魚を拾わない方がいい」と言った。わたしと愛は、うなずいた。

「ありがとう」と一郎に言う。とりあえず、空のポリバケツを持って魚市場を出た。

28　さよならへのカウントダウン

「あ、やってる」と愛がテレビを指さした。すでに、朝のニュースで流れている。

〈関東を中心に、大規模な食中毒発生！〉〈原因は魚介類か！〉

などというタイトル文字が画面に映る。

やがて、病院らしい建物が映った。その前にマイクを持ったレポーターらしい人。

「こちら、神奈川県横浜市にある横浜港南《よこはまこうなん》病院です。昨夜、吐き気、腹痛、発熱などを訴えた人が、救急車で搬送されたという事です」

と話しはじめた。

昨日の夜、その病院だけで六人の食中毒患者と思われる人が運び込まれたという。

ニュースは、スタジオに切り替わった。男性のアナウンサーが、

「午前7時の時点の情報では、関東を中心に一都八県で大規模な食中毒が発生したも

ようです」と話しはじめた。


「どこ行くのよ!?」とわたし。「いいからいいから」と愛が、わたしの手を引っ張っていく。うちの店から、歩いて40メートル。〈パスタ天国〉の前にきた。

「あ……」わたしは思わずつぶやいた。

店の前に、保健所の車が停まっていた。白衣を着て手袋をした人たちが、慌《あわただ》しく店に出入りしている。やじ馬らしい人たちが二〇人ほど、立ち止まって、そんな様子を見ている。

「やっぱりか……」と愛がつぶやいた。


「推理ってほどのものじゃないよ」と愛。「一都八県で同時に食中毒って事は、チェーン店でしかありえないじゃない」

「確かに……」

「でも、葉山には、チェーン店ってほとんどないよね」

「そっか……。で、〈パスタ天国〉……」

「そういう事。あそこでも魚介類を使ってるしね」愛が言った。

午後になり、さらに詳しいニュースが流れはじめた。

やはり〈パスタ天国〉はじめ、関連するチェーン店で食中毒が起きたという。〈株式会社・田島フーズ〉という社名が、大きく報道されている。

その田島フーズが運営している店……。

回転寿司《ずし》の三〇店舗、ファミレスの七店舗、そして、〈パスタ天国〉の一〇店舗で、食中毒が発生したという。関東だけでなく、関西の店舗でも食中毒が発生してるらしい。


病院に搬送された人は、いまのところ一八三人。

まだ、死者などは出ていないが、高齢の三人が重い症状と報道された。


「やっぱり、モンゴウイカだ!」と愛。夕方のニュースを見て言った。

食中毒の原因は、紋甲イカだと報道されている。

アフリカのケニア沖で獲った紋甲イカを、田島フーズが大量に仕入れていた。

そのイカを、回転寿司、ファミレス、〈パスタ天国〉などで使っていたという。

すでに、店内に残された紋甲イカからは、重い食中毒を起こす腸炎ビブリオが検出されたらしい。

ニュースの中、田島フーズの広報部長が取材記者たちに迫られている。

「いま原因究明の最中なので……」と広報部長。取材陣を振り切って早足で逃げていく。


その2日後だった。

「お……」と一郎。ビールのグラスを手にしてつぶやいた。

夜のニュースが、最新情報を伝えている。

田島フーズは、フィリピンの漁船を雇い、アフリカ沖で紋甲イカを獲《と》らせていたという。

その場合、漁船が日本で魚を陸上げするときに検疫《けんえき》をうける必要がある。

ところが、検疫を監督している厚生労働省の担当者へ、田島フーズから金が流れていたという。「ワイロを使って検疫のがれをしてたのか……」一郎がつぶやいた。

さらに、速報が流れはじめた。

「田島フーズの田島久之《たじまひさゆき》社長が、警察の事情聴取を受けるために、いま品川区の本社から……」とアナウンサー。

画面は、すでに薄暗いビルの玄関……。たくさんのカメラマンに囲まれた中、スーツ姿の男たちがビルの玄関を出て停めた車に動いていく。その田島という社長と警察の人間らしい。カメラのストロボが続けざまに光った。

わたしたちは、無言でテレビの画面を見ていた。

12月初めの木曜日。

少し気の早いFM局が、クリスマス・ソングを流しはじめた。

それを背中で聞きながら、葛城は包丁を使っていた。イナダを三枚におろしていた。

小さなシロギスとは違い、イナダは身が厚い。さばくのはそう楽ではない。

それでも、葛城は頑張っていた。15分ほどかけて、イナダの身を三枚におろす事ができた。

「出来た……」とつぶやいた。髪が後退した広い額には、汗がにじんでいる。けれど、その表情には、見た事がなかった何かが感じられた。

それは、わたしの乏しいボキャブラリーでは〈何か〉としか言いようがないものなのだけど……。

葛城は、さばいたイナダをじっと見下ろしている。FMからクリスマス・ソングが静かに流れている……。

「あ……」わたしは、つぶやいた。

〈パスタ天国〉、正確に言うと〈元パスタ天国〉の前で立ち止まった。

〈秋のキノコ・パスタ・フェアー〉という派手なポスターが、破れかけ、初冬の冷たい風に揺れている。その店から、須田が出てきた。わたしに気づき立ち止まった。

「あの……店は、やってる？」とわたしに訊《き》いた。うなずくと、

「ちょっと一杯いいかな」と言った。まだ、午後の3時半だ。けれど、断る理由もない。わたしは軽くうなずいた。

10分後。須田は、店のカウンター席で酎《ちゅう》ハイを飲んでいた。

スーツ姿ではない。ポロシャツにカーディガンを着ている。以前はきっちりと分けていた髪は、半端な長さに伸びている。

何より、その表情に生気がない。のろのろとした動作で酎ハイを飲んでいる。

食中毒を発生させた事はもちろん、厚生労働省への贈賄《ぞうわい》などの罪状で、田島フーズの社長は逮捕。常務など三人の役員が書類送検された。

当然、厚労省内部も捜査されている。

食材の仕入れに深く関与していた須田は、警察で数日間の事情聴取をうけたようだ。

田島フーズには、とっくに業務停止命令が出ている。

年内には、会社の倒産が正式に発表されるとマスコミは報道していた。


「店じまいに来たの？」カウンターの中で愛が訊いた。須田は、小さくうなずく。

「地元の不動産会社とかわした契約の後始末もあるしね」と言った。

「まあ、最後の仕事かな……」と須田。自嘲《じちょう》的につぶやいた。早いピッチで二杯目の酎ハイを飲み干した。

やがて、無言で三杯目の酎ハイを飲んでいた須田は、軽く酔いを感じさせる口調で、

「……私は、どこで、間違えてしまったのかな……」とつぶやいた。

すると、カウンターの中で長ネギを刻んでいた愛が、須田を一瞬見て、

「はじめから」と言った。須田が、とろりとした眼で愛を見た。

「はじめから？」と訊き返した。愛は、うなずく。

「最初っから」と言い、ネギをストンと切った。もう須田の方を見なかった。

須田は、2、3分無言……。ゆっくりと立ち上がり、酎ハイの代金を払おうとした。酎ハイ三杯で、1350円。ヴィトンの長財布から、一枚の千円札とジャラジャラと小銭を取り出している須田……。心なしか、その背が少し低くなったような気がした。

彼が出ていき、閉まりきっていないドアのすきまから、森戸海岸の波音が聞こえていた。

「これ、頼むね」わたしは愛に言った。

中学の昼休み。わたしはお弁当を、愛は耕平のトマトを売っていた。

お弁当は、残り二個。トマトは、三袋残っている。わたしは、お弁当の販売も愛にまかせ、その場を離れた。階段をのぼり、屋上に……。

つい5分前、葛城がビニール袋を持って屋上に上がっていった。

ビニール袋の中身は、二人分のお弁当。葛城が、娘の里香と一緒に食べるためだ。

葛城は、午前中からうちの店に来て、お弁当を作っていた。おかずは、イナダの照り焼きだ。わたしや愛も手伝って、なんとか照り焼きのお弁当は完成した。

わたしは、そっと屋上に上がってみた。

屋上の片隅に、ベンチがある。葛城と里香の後ろ姿が見えた。ベンチに並んで座ってお弁当を食べているようだ。

後ろ姿なので、表情は見えない。距離があるので、会話も聞こえない。けれど、なごやかな雰囲気は感じられた。

一瞬、里香が葛城の方に笑顔を見せた。

〈お父さん、やれば出来るじゃない〉とでも言ったのだろうか。

そして、葛城は、〈ああ、料理はもう上手《うま》いものさ。心配するな〉とでも答えたのだろうか……。

一見なごやかな、父と娘の会話。

けれど、それは親子が別れていく日へのカウントダウンかもしれない……。

そう思うと、切なさが、わたしの胸におし寄せる……。

ゆっくりとお箸《はし》を使っている葛城と里香……。

葛城の薄くなりかけた髪に、里香が着ている紺の制服の肩に、淡い初冬の陽が射している。海の方から吹いてくる微風に、里香の髪がふわりと揺れた。

それは、12月24日。クリスマス・イヴの昼過ぎだった。

ランチタイムに来ていたカップルのお客が帰った。ひどく寒い日なので、もうお客は来ないだろう。

わたしは、店の入口のプレートを〈CLOSED〉にした。歩いて町内のスーパーに向かった。

愛は昼前からどこかへ行っている。もしかしたら、耕平へのクリスマス・プレゼントでも買いに行ってるのかもしれない。

わたしは、スーパーの駐車場に入った。ローストしたチキンでも安く売っていないか……。そう思いスーパーに入ろうとした。

そのときだった。ポケットのスマートフォンが鳴った。

わたしは、スマートフォンを取り出した。かけてきたのは、愛だった。なんだろう……。

わたしは、スマートフォンを耳に当てた。

「愛？」と言った。すると、

「海果さんでよろしいですか？」と知らない男の声。

「え……」とつぶやいた。「そうだけど……」

「こちらは、鎌倉《かまくら》警察の者ですが、本田《ほんだ》愛さんが交通事故に遭《あ》われまして」

29　粉雪が、目にしみる

かたまった……。それでも、

「事故……」とつぶやいた。

「自転車にはねられ頭を打って、いま病院に搬送されたところで……」

「で！　愛は!?」思わずスマートフォンを握りしめた。

「いま検査中で……」

「病院は!?」

「若宮大路《わかみやおおじ》の清川《きよかわ》病院です」

「すぐ行きます！」

わたしは、通話を切った。頭の中は真っ白になっていた。けれど、〈冷静になれ〉と自分に言いきかせる。あたりを見回した。

広い駐車場に、一台の軽トラックが駐《と》まっていた。漁協の軽トラ。よく一郎が乗っているやつだ。

わたしは、スーパーの中に走り込んだ。見回しながら、スーパーの通路を走る。

遠くに一郎の姿。プラスチックのカゴを手にしている。カゴには缶ビールが山ほど。漁協の連中と飲み会でもやるのか……。駆け寄ったわたしに、

「どうした」と一郎。

「愛が事故に遭った」

「どこで⁉」

「鎌倉。いま清川病院だって」

「急ごう！」と一郎。持っていたカゴを乱暴に置いた。缶ビールが何缶か通路に転がる。

かまわず、スーパーから走り出る。軽トラに乗り込んだ。

エンジンをかけ、走り出す。そして、駐車場の出口へ。

「ちっ」と一郎。ブレーキを踏んだ。出口にはバーがある。レジでスタンプを押した駐車券を機械に入れないと、バーが上がらない。

「行って！」わたしは叫んだ。

「了解！」一郎が、アクセルを踏んだ。

軽トラのフロントが、バーにぶつかる。ガツンッと大きな音。

一郎は、アクセルを踏み続けた。バキバキという音。バーは折れて地面に転がった。

それを踏みつけて軽トラは、駐車場から走り出す。


急ブレーキ！

軽トラは、清川病院の前につんのめって止まった。わたしは、病院の玄関に飛び込んだ。受付に走る。

「事故で運び込まれた本田愛は！」受付の男性はうなずく。

「二階の救急治療室に」と言った。

わたしは階段を駆け上がる。廊下に中年の女性看護師がいた。

「本田愛は⁉」と息をはずませて訊《き》いた。

「頭を強く打っているようなので、いまCTスキャンやMRIの検査をしています」

と看護師。


「酔っ払い走行？」

わたしは、警察官に訊き返した。病院の廊下には、二人の警察官がいた。

「私たちが、ちょうど歳末の警戒パトロールをしてたところで……」

と警察官の一人。事故は、その警察官たちの目の前で起きたという。

愛は、若宮大路に面したケーキ屋の前に立ち止まり、ショーウィンドウを見ていたという。それは、わたしでも知っている人気店だ。

ショーウィンドウを見ている愛を、歩道を勢い良く走ってきた自転車がはねたという。

「もともと自転車が歩道を走るのは違反だし、自転車の男は明らかに酔っててね。酒気帯びというより、酔っ払い走行だった」

ともう一人の警察官。男はその場で現行犯逮捕。いま警察署で取り調べをうけているという。

一郎も、そばで話を聞いている。

はねられた愛は、すぐ救急車でここに搬送された。持っていた学生証から名前がわかったと警察官。

「検査をはじめる前に、本人に連絡先を訊いたところ、ウミカと言いまして」

意識が朦朧《もうろう》とした状態で、〈ウミカ〉とつぶやいたという。

そこで、警察官が愛のスマートフォンを見つけ、連絡先のリストを開いたという。

「そこに、海果という名前を見つけて、取り急ぎ連絡したわけで……」


「これ、本田愛さんの持ち物に間違いありませんよね」

と看護師。ディパックと紙袋をわたしに差し出した。

わたしと一郎は、廊下にあるベンチに腰かけて、検査が終わるのを待っていた。

かなりくたびれた小型のディパックは、愛がいつも持っているものだ。

紙袋は、小町通りにあるカジュアル・ショップのものだった。何か、そこで買い物をしたらしい。

「愛さん、CTスキャンをとろうとしても、その紙袋を抱きしめて離さなくて、やっとの事で預かったんです」と看護師。

「そういえば、自転車にはねられたときも、その紙袋を胸にかかえてたな」

と警察官。救急車にのせても、それを胸にかかえて、離さなかったという。

となりにいた一郎が、

「耕平へのプレゼントじゃないのか」と言った。

そうかもしれない。わたしは、紙袋をそっと開けてみた。

中を覗《のぞ》くと、入っていたのは、綿のパーカーらしかった。

わたしは、それを出してみた。やはり綿のパーカーだった。色は淡いピンク。サーフボードに乗っている猫のイラスト。湘南では人気があるブランドだ。しかも、パーカーはレディースのMサイズだった。

ふと見れば、可愛いデザインのカードが添えられている。このクリスマスの時期、お店が用意しているギフト・カードらしい。

そのカードには、特徴がある愛の丸っこい字で、

〈海果へ。いつまでも、クリスマスを一緒に過ごそうね〉

と書いてあった。

わたしは、息を呑《の》み、そのカードを見つめた……。じっと、見つめた……。

やがて、わたしの中で、こらえていた涙のダムが決壊した。

思いは声にならなかった。

自転車にはねられたときも、救急車にのせられたときも、CTスキャンをとるときも、胸に抱きしめて離そうとしなかったという紙袋……。

乏しいお金をやりくりして買ったパーカーだろう。そして、

〈……いつまでも、クリスマスを一緒に……〉の文字……。

震えはじめたわたしの肩に、一郎がそっと手を置いた。

「……あの子に何かあったら、どうしよう……」わたしは、うめくように言った。

両手で顔をおおった。指の間からこぼれた涙が、病院の床にぽたぽたと落ちる……。

「大丈夫さ、愛はけっこうしぶといから……」と一郎が珍しく気休めを言った。


お医者が治療室から出てきたのは、40分後だった。

「道路に頭を強く打ちつけたというので、CTスキャンや脳波の測定、さらにMRIなど精密な検査をしましたが、心配はないでしょう」とお医者。

「額《ひたい》に擦り傷があり、まだ軽い脳震盪《のうしんとう》の症状があるので、一晩はここに泊まって様子をみる方がいいですね」と言った。

わたしは、全身の力が抜けていくのを感じた。一郎が、その肩を抱いてくれている。

やがて、ストレッチャーに乗せられた愛が廊下に出てきた。

額に包帯を巻いているけれど、わたしの顔をちゃんと見た。

「心配させて、ごめん……」と小声で言った。

「わたし、ドジ。ケーキに気をとられてて、自転車にはねられちゃった」

わたしは無言で、愛の小さな手を握った。

「あそこのケーキ、一度食べてみたくて、お金も持ってきたんだけど……」愛がつぶやいた。わたしは、無言のままうなずいた。

看護師さんたちが、ストレッチャーを動かしはじめた。


30分後。愛は、四階にある個室のベッドにいた。

「大変なクリスマスになっちゃったね。でも……ありがとう」わたしは言った。パーカーが入っている紙袋を、ベッドのそばにあるテーブルに置いた。そのとき、

「あ、讃美歌《さんびか》……」

と愛がつぶやいた。確かに、讃美歌らしいものが、かすかに聞こえる。曲名はまるでわからないけれど……。

わたしは窓から外を見た。薄曇りの空。十字架が見える。

病院からほんの少し離れたところに、〈カトリック雪ノ下教会〉がある。

讃美歌は、そこから聞こえているらしい。若宮大路に面した教会。その前で、募金箱を持っている人たちの姿も見えた。

讃美歌に立ち止まった人が、募金箱にお金を入れている光景も、四階の窓から見えた。

わたしと愛は、かすかに聞こえる讃美歌に耳をすませていた……。

ドアにノック。わたしはドアを開けた。一郎がいた。

「これ」と言って、ビニール袋を差し出した。それは、ケーキ屋のものだった。

愛がショーウィンドウを見ていた、そのケーキ屋の袋だった。

「愛の具合は？」と小声で訊《き》いた。

「大丈夫みたい。ありがとう」とわたし。一郎は、うなずく。

「じゃ、おれは漁協の飲み会に行くから」と一郎。相変わらず、よけいな事は言わない。一瞬白い歯を見せ、ドアを閉めた。


わたしは愛にケーキを食べさせていた。

看護師さんが持ってきてくれたお皿にモンブランをのせた。ベッドにいる愛に、フォークで食べさせる……。

「美味《おい》しい？」と訊くと、ケーキをほおばったまま、うなずいた。

「ああ……ついちゃってるよ」わたしは言った。

食べ終わった愛。その唇のまわりに、モンブランのクリームがべったりとついている。

この子は、口が達者だけど、ものを食べるのが不器用で下手だ。わたしは、ティッシュで口のまわりを拭《ふ》いてやる。

ふと見れば、愛の目尻《めじり》に涙がひと粒光っている……。

「今年のクリスマス……わたし、一生忘れない……」

鼻にかかった声で愛がつぶやいた。わたしは、ゆっくりとうなずいた。

「あ、雪……」

窓から外を見て、わたしはつぶやいた。昼間から寒いと思っていたら、初雪が降りはじめた。

もう午後の4時過ぎ。薄青く暮れていく空に、教会の十字架……。

サラサラとした粉雪が、空から降りはじめていた。

愛が、ベッドからそっと出て窓ぎわにきた。ふらつくといけないので、わたしはその肩をしっかりと抱いた。

愛の肩は、まだ細く頼りなかった……。

その肩を抱いて、わたしは思った。

いま、一郎も、慎も、自分がいるべき場所を探す旅の途上にいるようだ。

けれど、わたしの居場所は、探す必要がないと思った。

愛とともに、貧乏と戦い、ともに泣き、ともに笑う……ここが自分の居場所なのだと確信していた。

「寒くない？」と訊くと、

「大丈夫」と愛。額に包帯を巻いた、その小さな頭がうなずいた。

わたしたちは、窓ぎわに並び、空から舞い降りてくる雪をじっと見つめていた。粉雪が、少しにじんで見える……。

教会からは、讃美歌が静かに流れていた。

あとがき

その夏の日、僕らは島に向かっていた。
船仲間《クルー》たちと早朝に葉山《はやま》マリーナを出航。ひたすら南下して伊豆《いず》大島をこえた。
やがて、船は黒潮のさす青紫色の海へ……。
僕らはルアーを流して大物を狙った。が、結局リールが鳴ることはなかった。
夕方になり、僕らは伊豆七島の一つに入港した。
一泊するために宿をとっておいたのだ。
小さな港に船を舫《もや》い、予約しておいた民宿に向かった。
港から歩いて3分。質素な民宿があった。漁業と民宿を兼業しているようだった。
民宿の庭では、そこの娘らしい一人の少女がアジの干物を作っていた。
陽灼《ひや》けした少女は、小学校の五年生か六年生だろう。
開きにしたアジを干物カゴに入れていた。
真剣な表情。青いネットでできているカゴの中に、アジを一匹ずつていねいに並べる。

これなら、ノラ猫や鳥にとられる心配がない。

ネットの中で、潮風に吹かれ、夏の陽射しを浴びて、アジはゆっくりと干物になるのだ。


その日の夕食。飛び魚の刺身などと一緒に、アジの干物が出た。

それは、ふっくらと柔らかく、海の香りと味が口の中に広がった。

けれど、クルーの一人がそれに手を出さない。それでも、美味《うま》そうに食べている僕を見て、やっとアジの干物に箸《はし》をつけた。

ひと口食べると、彼は無言になった。そして、黙々と食べ続けた……。やがて、

「いままで食べてたアジの干物って、なんだったんだろう……」とつぶやいた。

すると、民宿のオヤジさんは苦笑い。

「それはたぶん、工場の乾燥機で作ったやつだから」と言った。

いまや、ほとんどの干物は工場にある巨大な乾燥機で作られる。そのことを僕は知っていたけれど、彼は知らなかったらしく、かなり驚いた顔をしていた。

翌朝。民宿を出ようとすると、あの少女が洗濯をしていた。

「アジの干物、美味かったよ」と僕は言った。

少女は、一瞬はにかんだ微笑を見せて、かすかにうなずいた。

着ているTシャツは質素だった。が、僕を見たその眼差《まなざ》しにドキリとした。

これほど澄んでまっすぐな眼差しには、初めて出会ったような気がした。何秒か、その瞳《ひとみ》から目が離せなかった。

黒いゴムゾウリを履いた彼女の足元では、淡いピンクをした浜昼顔《はまひるがお》の花が揺れていた。

その午後。僕らは葉山に戻るためにゆっくりと航海をしていた。

舵《かじ》を握りいく手の海を見つめながらも、僕の心にはあの少女の瞳が消え残っていた。なんの迷いもなく実直に生きている。そのことを無言で語っているような、澄んだ眼差し……。

この「潮風キッチンシリーズ」を読んでくれている人なら、僕のそのときの思いをわかってくれると思う。

葉山の片隅にある〈ビンボー食堂〉を舞台にした物語も三作目。

天然ボケで何事にも不器用な海果。

ませた中学生だが、実はドジな愛。

二人は、相変わらず魚市場で、〈戦力外〉としてはじかれた魚やイカを拾い集め、なんとか店をやっている。

そんな店〈ツボ屋〉には、さまざまな危機が訪れる。

不器用にしか生きられない二人が、その危機にどう立ち向かうのか……。

どんな絆《きずな》が、さらに二人を結びつけていくのか……。

そして、周囲の人生模様にも、さまざまなターニング・ポイントが訪れる。

迷いと決意。涙と笑顔。

そして、季節は、真夏から初秋へ……。

そんな、潮風の中の物語が、ひとときあなたの心を温め、ひと粒の元気をあなたに贈ってくれれば嬉《うれ》しい。

最後に、この作品の中で愛がつぶやいた言葉を引用したいと思う。

「たとえ晩ご飯がトマト一個でも、恥ずかしくなんかないよ」

この作品は、KADOKAWAの角川文庫編集部・光森優子さんとのミックス・ダブルスで完成させる事ができました。ここに記して光森さんに感謝します。
何かの縁があってこの作品を手にしてくれた読者の方々には、本当にありがとう！
また会えるときまで少しだけグッドバイです。

ソフトクリームのような夏雲がわく葉山で　喜多嶋　隆

〈喜多嶋隆ファンクラブ案内〉

長年にわたり愛読者の皆さんに親しまれてきたファンクラブですが、現在はFacebook上で展開しています。

★お知らせ

僕の作家キャリアも40年以上になり、4年前には出版部数が累計500万部を突破することができました。そんなこともあり、〈作家になりたい〉〈一生に一冊でも本を出したい〉という方からの相談がきたり、書いた原稿を送られてくることがふえました。

その数があまりに多いので、それぞれに対応できません。が、そのことが気にかかっていました。そんなとき、ある人から〈それなら、文章教室をやってみてもいいのでは〉と言われ、なるほどと思いました。少し考えましたが、ものを書きたい方々のためになるならと思い、FC会員でなくても、つまり誰でも参加できる〈もの書き講座〉をやってみる決心をしました。

講座がはじまって約7年になりますが、大手出版社から本が刊行され話題になっている受講生の方もいます。作品コンテストで受賞した方も複数います。

なごやかな雰囲気でやっていますから、気軽にのぞいてみてください（体験受講あります）。

喜多嶋隆の『もの書き講座』

（主宰）喜多嶋隆ファンクラブ
（事務局）井上プランニング
（Eメール）monoinfo@i-plan.bz
（FAX）042・399・3370
（電話）090・3049・0867（担当・井上）

※当然ながら、いただいたお名前、ご住所、メールアドレスなどは他の目的には使用いたしません。

本書は書き下ろしです。

潮風《しおかぜ》テーブル

喜多嶋《きたじま》 隆《たかし》

令和5年 9月25日　初版発行

発行者●山下直久

発行●株式会社KADOKAWA
〒102-8177　東京都千代田区富士見2-13-3
電話　0570-002-301（ナビダイヤル）

角川文庫 23813

印刷所●株式会社暁印刷
製本所●本間製本株式会社

表紙画●和田三造

ISBN 978-4-04-113758-1　C0193

◇◇◇

角川文庫発刊に際して

角川源義

第二次世界大戦の敗北は、軍事力の敗北であった以上に、私たちの若い文化力の敗退であった。私たちの文化が戦争に対して如何に無力であり、単なるあだ花に過ぎなかったかを、私たちは身を以て体験し痛感した。西洋近代文化の摂取にとって、明治以後八十年の歳月は決して短かすぎたとは言えない。にもかかわらず、近代文化の伝統を確立し、自由な批判と柔軟な良識に富む文化層として自らを形成することに私たちは失敗して来た。そしてこれは、各層への文化の普及滲透を任務とする出版人の責任でもあった。

一九四五年以来、私たちは再び振出しに戻り、第一歩から踏み出すことを余儀なくされた。これは大きな不幸ではあるが、反面、これまでの混沌・未熟・歪曲の中にあった我が国の文化に秩序と確たる基礎を齎らすためには絶好の機会でもある。角川書店は、このような祖国の文化的危機にあたり、微力をも顧みず再建の礎石たるべき抱負と決意とをもって出発したが、ここに創立以来の念願を果すべく角川文庫を発刊する。これまで刊行されたあらゆる全集叢書文庫類の長所と短所とを検討し、古今東西の不朽の典籍を、良心的編集のもとに、廉価に、そして書架にふさわしい美本として、多くのひとびとに提供しようとする。しかし私たちは徒らに百科全書的な知識のジレッタントを作ることを目的とせず、あくまで祖国の文化に秩序と再建への道を示し、この文庫を角川書店の栄ある事業として、今後永久に継続発展せしめ、学芸と教養との殿堂として大成せんことを期したい。多くの読書子の愛情ある忠言と支持とによって、この希望と抱負とを完遂せしめられんことを願う。

一九四九年五月三日

角川文庫ベストセラー

潮風キッチン　喜多嶋　隆

突然小さな料理店を経営することになった海果だが、奮闘むなしく店は閑古鳥。そんなある日、ちょっぴり生意気そうな女の子に出会う。「人生の戦力外通告」をされた人々の再生を、温かなまなざしで描く物語。

潮風メニュー　喜多嶋　隆

地元の魚と野菜を使った料理が人気を呼び、海果が一人で始めた小さな料理店は軌道に乗りはじめた。だがある日、店ごと買い取りたいという人が現れて……居場所を失った人が再び一歩を踏み出す姿を描く、感動の物語。

恋を、29粒　喜多嶋　隆

あるときは日常の一場面で、またあるときは非日常の空間で——恋は誰のもとにもふいにやってくる。その続きはときに切なく、ときに甘美に……。様々な恋のきらめきを鮮やかに描き出した珠玉の恋愛掌編集。

Miss ハーバー・マスター　喜多嶋　隆

小森夏佳は、マリーナの責任者。海千山千のボートオーナー、ヨットオーナーの相手をしつつも、ハーバー内で起きたトラブルを解決している。そんなある日、彼女のもとへ、1つ相談事が持ち込まれて……。

鎌倉ビーチ・ボーズ　喜多嶋　隆

住職だった父親に代わり寺を継いだ息子の凜太郎は、気ままにサーフィンを楽しむ日々。ある日、傷ついた女子高生が駆け込んで来た。むげにも出来ず、相談事を引き受けることにした凜太郎だったが……。